# 君を幸せにする会社

天野敦之

日本実業出版社

# 君を幸せにする会社

「今日も楽しかったぁ」

クマ太郎は深い幸福感を味わっていた。すばらしい社員とお客様に囲まれ、業績も順調に伸びていた。

クマ太郎はある温泉街でリゾートホテルを経営している。三年前に他界した父親から家業を引き継ぎ、「クマの湯ホテル＆リゾート」の代表取締役社長として約五〇名の社員を率いている。

クマ太郎は毎日の仕事が楽しくて仕方がない。

しかし数年前まで、クマの湯ホテル＆リゾートの業績は赤字続きで、いつ倒産してもおかしくない状況にあった。客数は減少の一途をたどり、社員は会社を去り、残った社員もやる気を失い、ホテル内の雰囲気も冷え切っていた。

なんとか事態を打開しようとして懸命に働いたが、その結果周囲にも大変な迷惑をかけた。クマ太郎自身も仕事が苦痛でしかなく、何のために働いているのかわからなかったのだ。

クマ太郎は、ある「真理」に気づいたことで、クマの湯ホテル&リゾートの業績は改善し、自分自身が働く目的も見出すことができた。

クマ太郎はどんな真理に気づいたのだろうか。

# 目次

第一章 苦悩 …… 7
第二章 気づき …… 39
第三章 変化の胎動 …… 67
第四章 本当に大切なこと …… 113
第五章 ビジネスにおける真理 …… 155

COVER ILLUSTRATION
おおの麻里

BOOK DESIGN
長坂勇司

DTP
ダーツ

# 第一章

# 苦悩

「はあ」

クマ太郎はまた深いため息をついた。

クマ太郎の机の上には、今期の決算データが置かれている。これで三期連続の赤字だ。

クマの湯ホテル＆リゾートの業績は厳しい。

この地域は、良質な温泉が出ることから、かつては国内有数の温泉街としてにぎわっていた。しかし現在は、地域の過疎化、少子高齢化が進み、公共事業の削減で県内の景気は低迷を続け、かつてのにぎわいは嘘のようにさびれてしまっている。

温泉街への客足は遠のく一方なのに、地域内では数少ないお客様をホテルどうしで奪い合っていた。地域内のホテルや旅館で結んでいた紳士協定をライバルのベアーリゾートが破り、宿泊料金を大幅に引き下げて以来、クマの湯ホテル&リゾートも価格競争に巻き込まれていた。

クマの湯ホテル&リゾートは、地域内ではベアーリゾートに次ぐ規模をほこり、部屋数は八〇室、露天風呂付客室も二〇室備えていた。

県内の景気が冷え込み観光客が減少し、小規模ホテルが倒産するなかで、クマの湯は四期前まではかろうじて黒字を保っていた。しかしここ三期は赤字で、しかも赤字幅は年々拡大している。

もちろん、手をこまねいていたわけではない。コストはぎりぎりまで切り詰め、社員のボーナスもカットした。しかしコスト削減を上回る勢いで売上が落ちていった。

クマ太郎の最大の懸念事項は、資金繰りだ。

会社は、どれだけ赤字が続いても倒産することはないが、資金繰りがショートすればたとえ黒字でも倒産する。クマ太郎は一日の大半の時間を金融機関との交渉に割かれていた。

「そこを何とか、返済を一か月延ばしてくれませんか」

クマ太郎は深々と頭を下げたが、銀行の担当者は首を縦に振ってくれない。交渉は行き詰ってしまった。

仕方がない。今日のところは引き上げるしかない。

「くそっ、あの頭の固い担当者め。どうしてあんなに融通が利かないんだ。もしうちが倒産したらすべてあいつのせいだ」

クマ太郎は怒りにまかせて壁を蹴った。

「社長、先日融資を断られた信用金庫にも、もう一度お願いしてみましょう」

財務担当のタヌ吉が言った。

「よし、行ってみるか」

ここ数か月、毎日がこんな感じだ。クマ太郎はむなしさを感じていた。

「こんなことをするために親父から会社を継いだのか。こんな苦しい思いをするなら、家業なんて引き継がなければよかった……」

クマ太郎は、東京の大学を卒業後に大手企業に就職、社会人四年目に社内公募でビジネススクールに留学しＭＢＡを取得した。帰国後、経営企画部で予算編成の仕事を担当していたときに、父親が過労で倒れ急逝したのだ。クマの湯ホテル＆リゾートは、地域で二番目の規模であるにもかかわらず、後継者が育っていなかった。

「このままだと親父の会社は立ち行かなくなるだろうな。これはチャンスかもしれない。今こそビジネススクールで学んだ知識を現場で活かすときだ」

クマ太郎は、悩んだ末、勤めていた会社を退職して実家に戻ってきたのだ。

クマ太郎は代表取締役に就任後、ビジネススクールで学んだ最新の経営手法を次々と取り入れた。しかしそれらはほとんど機能しなかった。それどころか業績は落ちていく一方だった。

何しろ、クマ太郎の語る経営理論やカタカナ用語を、社内ではほとんど誰も理解できなかった。急な変革に社員はついていけず、現場は混乱した。

「どうしてみんな僕の言うことが理解できないんだ?」

クマ太郎と社員との溝《みぞ》は深まるばかりだった。

ある日、銀行から帰る途中にクマ太郎の携帯が鳴った。

「社長、大変です!」

秘書のタマからだった。

「ポチさんが過労で入院してしまいました」

「なんだって!?」

クマ太郎は、部下のポチに全幅の信頼を置いていた。クマ太郎の語る最新の経営理論を理解してくれるのは、社内ではポチだけだった。

優秀で責任感の強いポチに、クマ太郎は色々と任せすぎていた。

「たしかに最近少し元気がないと思っていたが、ポチ君は限界に達していたのか……」

とにかくポチの抜けた穴を埋めなければならない。

クマ太郎は急いで会社に戻り、ポチが手がけていた仕事をほかの社員たちに割り振った。ポチが自分の仕事内容やデータの保存先をきちんと文書化していたおかげで、作業の割り振りは予想以上にスムーズに済んだ。

「ふー、これで何とかなる」

クマ太郎は社長室に戻り、椅子に腰を下ろした。

ようやくひと息つけたところで、クマ太郎ははっとした。

「ポチ君が抜けた穴を埋めることも大切だが、それよりもまずポチ君の身体を心配すべきじゃなかったのか?」

クマ太郎にはその余裕がなかった。毎期赤字が続き、金策に駆け回るなかで、人を思いやる気持ちを失ってしまっていたのだ。

「こんなにつらい思いをして、唯一信頼していたポチ君を病気にして、利益も残らなくて、いったい何のために仕事をしているんだろう……」

クマ太郎は、沈鬱な気持ちになった。働く意義を見出せなかったのだ。

「このままじゃ本当にまずい。とにかく売上を伸ばさなければ」

クマの湯ホテル&リゾートでは、リゾートホテルを経営するほかに、地域の特産物の販売もしていた。ホテル内や通信販売だけでなく、全国の主要デパートやスーパーマーケットにも卸していた。

ホテルの稼働率が下がるなかで、特産物販売は数少ない成長分野だった。この特産物の売上をもっと伸ばすしかない。

クマ太郎はパソコン上でエクセルを操作し、売上と利益の変化をシミュレートした。

「特産物販売を前月比一二〇%まで引き上げれば、だいぶ楽になるな。一二〇%ならば何とか実現できるだろう。ここは何とかがんばってもらおう」

クマ太郎は、営業部の社員五名のノルマをそれぞれ前月比一二〇%に引き上げ、さらにノルマを達成できない社員を厳しく追及することにした。

さっそく営業部に出向き、社員たちに告げた。

「来月の販売目標を上方修正する。目標を達成できない社員は減給処分にする」

クマ太郎の言葉に営業部の社員たちは凍りついた。

その翌月。ノルマを達成できない社員を減給処分にするという方策が効いたのか、前月比二〇％増しのノルマを、ほぼ全社員が達成した。

「なんだ、やればできるじゃないか」

クマ太郎は数字に満足していた。

「今まで管理が甘かったな。来月からはもっと厳しくしていこう」

しかしその二週間後、いつも特産物を大量仕入してくれるお得意様のゾウさんデパートから、突然電話が入った。

「いったいお宅の教育はどうなっているんだ?」

「えっ」

ゾウさんデパートの社長は、明らかに怒っていた。

「お宅のサル吾郎君の販売は本当にしつこいね。いらないって言っているのに、買ってくれるまで帰らないなんて、ほとんど脅迫まがいだったよ」

「そんな…。大変申し訳ありませんでした」

クマ太郎は冷や汗をかきながら電話口で頭を下げた。

ふだん温厚なゾウさんデパートの社長がクレームしてくるなんて、よほどサル吾郎の売り方は強引だったのだろう。

「あんまりしつこいから買いはしたものの、品質はいまひとつだし、それに当社が必要としない商品を無理やり売りつけようとするサル吾郎君の営業スタイルは非常識だよ」

「本当に申し訳ありません。サル吾郎にはきつく言っておきます」

「今度あんなことがあったら、御社との取引を見直させてもらうよ」

ゾウさんデパートはクマの湯にとって大切なお客様だ。ゾウさんデパートとの取引がなくなったら大打撃になる。

「サル吾郎め、なんてことをしてくれたんだ」

受話器を置いたクマ太郎は、ふつふつと怒りがこみあげてきた。

その後、ゾウさんデパートだけでなく、ほかにも五社からクレームの電話が入った。いずれも強引な販売に対する不満だった。しかも、そのうちの二社は取引を停止してしまった。

クレームをしてくれるならまだいい。クレームしてこなくても、当社の強引な販売に嫌気をさして、黙って取引をやめてしまうお客様はほかにもいるだろう。

クマ太郎は腹が立ってきた。

「当社は創業以来ずっと『お客様第一主義』を掲げている。それなのにどうして社員は、そんな強引な売り方をしてしまったんだ？　当社の理念を理解していないんじゃないか？」

クマ太郎は社員の行動が理解できなかった。

社内には「お客様第一」と書かれた大きな額を飾ってある。

ビジネススクールで、経営理念をカードにして社員に携帯させている事例を学んだクマ太郎は、社長に就任してすぐにクマの湯ホテル&リゾートの理念をカードにし、社員にいつも携帯するように義務付けていた。

そのカードには、「当社の理念　お客様第一主義」と大きく書かれている。クマ太郎は、お客様第一の理念は社内に浸透していると確信していた。

「それなのに、そんな強引な売り方をするなんて、なんてダメな社員たちなんだ」

怒ったクマ太郎は、社員をホールに集めた。

「君たち、どういうことなんだ？
お客様から大変なクレームが来たぞ。当社の理念を理解していないんじゃないか？」

クマ太郎は厳しい口調で言った。

しばらく沈黙が流れたが、営業部のコン吉が声をあげた。

「お客様第一主義って言っても、結局ノルマを達成できなかったら減給処分で、ノルマを達成した人が評価されるじゃないですか。

お客様第一なんてそんなきれいごとに付き合ってられませんよ」

コン吉の言葉はショックだった。

「当社の理念を、社員は単にきれいごととしか受け止めていなかったのか……」

クマ太郎はビジネススクールで経営理念の大切さを学んでいた。だからこそ、カードも作って社員に携帯させたのだ。

クマ太郎の考えでは、立派な経営理念を掲げ、朝礼でくり返し訴え、カードをつねに携帯させれば理念は浸透するはずだった。それが浸透しないのは、社員に問題があるとしか思えなかった。

重苦しい気分のままホールをあとにしたクマ太郎は、歩きながらつぶやいた。

「エクセレントカンパニーは社員が優秀で理解が早いから理念が浸透するんだ。こんな田舎のリゾートホテルで理念なんか浸透するはずがない」

クマ太郎は理念が浸透しない理由を社員のせいにすることで、問題を直視することから逃げた。

社員に責任を転嫁しても何も変わらないことはわかっていたので、むなしさが残るだけだったが、今のクマ太郎には問題を正面から捉える余裕はなかった。

「このままでは当社は生き残れない。

なんとかして温泉に来ていただくお客様を増やさなければ」

そんなとき、とあるホームページの広告が目に留まった。

「最新のサイコロジカル式マーケティングで売上を一〇倍に伸ばす！」

広告をクリックすると、実際に売上を倍増させた企業の経営者の声が多数掲載されていた。

「売上が一〇倍？　本当だろうか。なんかあやしいな」

そう思ったものの、何としても売上を増やしたいという想いがその疑念を打ち消した。クマ太郎はすがるような気持ちでこのマーケティング会社にメールした。翌日、その会社の営業担当がたずねてきた。

話をくわしく聞くと、お客様の心理をコントロールしたり、お客様の不安をあおるようなコピーを使うことで、売上を劇的に増やすという。アメリカで開発され、実際に何十社も売上が倍増した企業があるとのことだ。

「このサイコロジカル式は、日本ではまだ知られていません。当社がアメリカの会社と独占契約しているからです。

もし御社が今導入しなければ、きっとライバル会社が導入するでしょう。そうなってからでは取り返しがつきません。

御社は本当に幸運です。今すぐご契約いただければ他社を圧倒することができます。逆に今ご契約しなければ、一生後悔することになりますよ」

営業担当者は流れるような営業トークを展開した。

「そうか。こんなすごいサイコロジカル式に出会えたのは最後のチャンスかもしれない。この方法にかけてみるか」

すでにこの時点でサイコロジカル式に乗せられてしまっているのだが、クマ太郎はそのことに気づかない。契約を締結し、導入することにした。

サイコロジカル式を導入して数日後、急に温泉の予約が入るようになり、客足が伸びはじめた。

「すごい、本当に売上が伸びた！　サイコロジカル式のおかげだ」

クマ太郎は驚いた。こんなに顕著に効果が出るとは思っていなかった。

「やはり最新のマーケティング手法は違うな」

しかし一か月後、それまで順調に伸びていた客数が、一気に落ち込んでしまった。それも一時的な減少ではなく、客数は日を追うごとに落ちていき、ついにはサイコロジカル式を導入する前の水準を下回り、さらに減っていった。

「いったい何が起きているんだ?」

クマ太郎には目の前で起きている事象が理解できなかった。


ある日曜日。

金融機関は休日なので、金策に駆けずり回る日常からしばし解放される日だ。

今日は旅行代理店バード社の営業担当者カモメ氏とゴルフの約束だ。

カモメ氏は、代理店で取り扱っている団体旅行の宿泊先としてクマの湯ホテル&リゾートを推してくれている。クマ太郎にとってはホテルに泊まりに来るお客様以上に大切なお客様だ。

クマ太郎自身は、ゴルフが特に好きなわけではなかった。しかしこれも大事な仕事の一環だ。なんとかして事態を改善したいという思いでゴルフに向かった。

そこでカモメ氏から衝撃的なことを聞かされるとは、クマ太郎は思ってもいなかった。

一八ホールを回り、クラブハウスでくつろいでいたときに、カモメ氏が申し訳なさそうに口を開いた。

「クマ太郎さん、実は大変申し上げにくいんだけど、御社への団体旅行の斡旋《あっせん》をストップしたいんだ」

「えっ！？」

クマ太郎は言葉を失った。

バード社からの団体旅行斡旋がストップされたら大打撃だ。

「いったいどういうことですか？」

クマ太郎は動揺し頭に血が上って、強い口調でカモメ氏に詰め寄った。

「実はね、当社では個人旅行のお客様のアンケートを集めているのだけど、そのアンケートで、お宅に対する評価がひどいんだ」

「えっ」

当社の評価がひどい？

特にお客様とトラブルがあったようなことは聞いていない。何かの間違いではないか？

「よく知らないのだけど、最近あやしげなマーケティング手法を導入したでしょう。その広告に乗せられてお宅に行ったお客様が、広告と内容のギャップが大きすぎるといって、大クレームなんだよ。それも二件や三件ではないんだ」

たしかに、クマ太郎はサイコロジカル式の方法論にしたがって、かなり実態とかけ離れた広告を作成した。それがいけなかったのか？

「あんな過大な期待を抱かせたり不安をあおったりするような広告は、逆効果だよ。クマの湯ホテル＆リゾートで検索すると、お宅に対する不満が書かれたブログばっかり出てくる。

当社も正直がっかりした。せっかく団体のお客様を優先的にお宅に割り当ててきたのに、裏切られた思いだよ」

カモメ氏は、沈鬱な表情で言った。

「そんな……」

クマ太郎は、サイコロジカル式を導入して一時的に売上が伸びたのに、そのあとに売上が急落してしまった理由がようやく理解できた。

「ひょっとして、ノルマ強化で売上が落ちたのも、同じ理由なのか」

そのときになってようやくクマ太郎は、自分の過ちに気づいた。

ノルマ強化による売上の減少は、サイコロジカル式の導入による売上の減少と、原因は同じだったのだ。

お客様が本当に望んでいないものを無理やり売ったり、お客様をだまして来館させたりして、利益を得ていた。

しかし無理やり利益を得ても、結局はそれ以上の損失が還《かえ》ってくるだけだったのだ。

「自分が間違っていた……でもいったいどうしたらいいんだ？」

売上は落ちる一方で、コストも切り詰められるだけ切り詰めた。

無理やりでも売上を増やすしかない。でも無理やり売上を増やしても結局損失が還ってくる。

クマ太郎の脳裏に「倒産」の文字が浮かんだ。背筋が凍りつくのを感じた。

「もう打つ手はないのか？」

クマ太郎の頭に悪魔のささやきが聞こえた。

「いや、最後の手段がある。リストラだ」

クマの湯ホテル&リゾートでは、創業以来リストラをしたことはなかった。創業者である父親が、断固としてリストラを認めていなかったからだ。

しかし、ここでリストラしなければクマの湯は立ち行かない。

「もう、リストラしかない」

クマ太郎は覚悟を決め、早期退職制度を導入し公表した。

早期退職制度は、基本的には社員の自発的な意思にもとづくものだ。しかしクマ太郎は、営業成績の悪い社員を中心に個別に退職を促した。

その結果、もっとも営業成績の悪いパンジーを含め五人が退職していった。

「お世話になりました」

パンジーが去っていく背中を見て、クマ太郎は胸を痛めた。

しかしクマ太郎は感傷に浸《ひた》っている暇はない。何とかしてクマの湯ホテル&リゾートを立て直さなければ。

五人が退職したことで、一時的に退職金の負担が生じるものの、人件費はだいぶ削減できる。

クマ太郎はエクセルシートを見ながらつぶやいた。

「これで収支的にはだいぶ楽になるぞ」

ところが、翌月の財務データを見てクマ太郎は愕然《がくぜん》とした。

利益がさらに減ってしまったのだ。

「なぜだ？　人件費をあれだけ削ったのに、なぜ利益が減ってしまうんだ？」

財務データの内訳を見れば、その理由は明らかだった。

人件費の削減額よりも、売上の減少のほうが大きかったのだ。

社員を減らした以上、その社員が稼いでいたぶんの売上の減少は予想していた。しかし実際の売上減少額は、その予想額をはるかに上回っていた。

「なぜこんなに売上が減ってしまったんだろうか」

クマ太郎は理由を確かめるべく営業部に向かった。

営業部のドアを開いた瞬間、クマ太郎はその理由を察知した。

営業部の空気は最悪だった。みんなやる気をなくし、会話もほとんどなかった。以前はお互いに助け合う風土があったのに、今では誰も自分のことしか目に入っていないようだった。

「いったいどうしたんだ?」

営業部長に聞くと、憮然とした表情で答えた。

「先日のリストラですよ。パンジー君はたしかに営業成績はよくなかったけど、一生懸命がんばっていた。そのパンジー君をリストラしたことで、もうみんなやる気を失ってしまいました。みんな次は自分がリストラされるんじゃないかって、疑心暗鬼になってますよ」

「なんてことだ……」

クマ太郎は、一人をリストラすれば、一人分の売上とコストが減ると単純に考えていた。

しかし、現実はそうではなかった。コストは一人分減ったが、それ以上に大切なものを失ってしまったのだ。

「取り返しのつかないことをしてしまった」

クマ太郎は父親の先代社長が決してリストラしなかった理由がようやく理解できた。しかし気づくのが遅すぎた。


あくる日、クマ太郎はバード社からの信頼を取り戻そうと、東京に出張してバード本社をたずねた。

今後二度とお客様をだますような広告はしないことを誓ったが、一度失った信頼を取り戻すのは容易ではなかった。

気落ちしながら東京駅を歩いていると、クマ太郎の名前を呼ぶ声がした。

「クマ太郎じゃないか」

振り返ると、ビジネススクール時代の友人で今は金融機関に勤務しているトラ助だった。

「久しぶりだな。東京に来ていたのか。実家のリゾートホテルを継いだって聞いたけど、調子はどうだ？」

「ああ、まあまあだよ」

クマ太郎は、現在の厳しい状況を正直に話すことはできなかった。

「せっかくだから飲みに行かないか」

クマ太郎はとても飲みに行く気分にはなれなかったが、何か現状を打開するヒントを得られるかもしれないと思い、誘いを受けることにした。

トラ助は、同じくビジネススクール時代の友人で、ベンチャー企業を立ち上げ最近上場を果たしたヒョウ吉を呼び出した。

三人は、トラ助が行きつけのダイニングバーに入った。

トラ助はバリバリの金融マンで、年収もクマ太郎とは一桁違う。服装も生活スタイルも桁違いだった。

「ライオン証券をまんまと出し抜いてやったよ。今年のボーナスが楽しみだ」

トラ助は自慢げに語った。

「そうそう、ライオン証券の担当者はクビになったらしいぜ。まあ、あんな損を出せば当然だけどな。はっはっは」

高らかに笑うトラ助は、人生の勝ち組街道まっしぐらという感じだった。

「そうか、すごいな」

クマ太郎はそう言いつつ、トラ助のような生き方をうらやましいとは思えなかった。

トラ助は笑ってはいるが、あまり幸せそうではなかったからだ。店員に対する態度も横柄で、職業や年収で人を判断しているようだった。

「クマ太郎、お前もつくづくたいした奴だよ。リゾートホテルなんて儲からないビジネスに人生をかけるとはね」

トラ助の態度は、明らかに人を見下していた。

ヒョウ吉は、ビジネススクール在籍中に友人とベンチャー企業を立ち上げ、昨年上場を果たした。今をときめく有名ベンチャー企業の役員だ。

「ヒョウ吉君の会社、この前も雑誌で取り上げられていたよ。本当にすごいな」

しかしヒョウ吉から返ってきた答えは意外だった。

「最近は株主からのプレッシャーが強すぎる。四半期ごとに成果を出すなんて不可能だよ。

この前実施した社員向けアンケートでは、ほとんどの社員が何らかの精神的なストレスを抱えている。僕らは一生懸命働いて投資家に搾取されているみたいだ」

クマ太郎は驚いた。自分のような中小企業だけでなく上場企業も、いやむしろ上場企業のほうが利益に追い立てられている。

「そんなに大変なのか?」

「大変どころじゃない。実は今、うつ病で入院している社員が一〇人もいるんだ」

ヒョウ吉はか細い声で言った。

クマ太郎には信じられなかった。上場を果たし、業績も順調に伸びている会社に、うつ病の社員が一〇人もいるなんて。

傍目《はため》には輝いているヒョウ吉の会社も、社員の犠牲のもとにムリして利益を稼いできたのか。

「メンタルカウンセラーと契約して心のケアには努めているけど、対症療法に過ぎないだろう。問題の本質的な解決にはならない。

それはわかっているけど、利益を稼ぎ続けなければならないんだ」

その言葉には、今をときめくベンチャー企業の役員とは思えないほど、悲壮感が満ちていた。

「何かがおかしい」

東京から帰る電車のなかで、クマ太郎は考えていた。

「自分は一生懸命に仕事をしている。

それなのにクマの湯は一向に利益が出ないし、真面目に働くポチは過労で倒れるし、社員をリストラしたのにさらに損失が拡大してしまった。

トラ助みたいな金融関係者は、たしかに多額の収入を得て高そうな服を着ていたけど、全然幸せそうじゃなかった。

ヒョウ吉みたいなベンチャー経営者も、株主からのプレッシャーにつぶされそうになり、社員はうつ病になっている。

企業が利益を増やせば株主はうれしいかもしれないけど、お客様も社員も経営者も幸せじゃない。

それどころか、トラ助やヒョウ吉をみていると、利益を増やそうとすればするほど社員が不幸になっている。


利益と幸せって矛盾するものなんだろうか？

利益を増やそうとすればするほど幸せが減るなんて、それじゃあ企業活動は意味がないってことになるじゃないか。


いったいこの世の中はどうなってるんだ？

みんながんばって働いているのに、みんな幸せから遠ざかってる気がする。


何かがおかしい。

でも何がおかしいのか、どうしたらいいのかわからなくて、みんな追い立てられるように働いて、さらに問題が悪化している。

いったいどういうことなんだ？？」

# 第二章

# 気づき

今日もクマ太郎は、金融機関や仕入先を駆けずり回っていた。朝から夕方まで頭を下げ、夜になって会社に戻り、様々な残務をする。

もうそんな生活は限界に来ていた。

「いったいどうすればいいんだ？

こんなにがんばっているのに一向に楽にならないなんて」

クマ太郎は、忙しい間をぬって様々な本を読んだ。

時間管理術や仕事術の本も読み、実践した。

しかしどんなに効率を高めても忙しくなるばかりだ。効率を高めるほど自分が蝕《むしば》まれていくような感覚にとらわれていた。

ビジネススクール時代の友人のつてで特別価格でコンサルタントを雇い、問題の分析もしてもらった。

コンサルタントからは、きれいに綴じられた百ページ近い資料を受け取ったが、中身は業界構造の分析など当たり前のことを格好よく書いているだけだった。現状を打開するためには何の役にも立たなかった。

「いったいどこに答えがあるんだ?」

ふと、クマの湯ホテル&リゾートの創業者である父親の言葉が頭に浮かんだ。

「答えは現場にある」

それは父親がふだんくり返し言っていた言葉だった。

「現場か。そういえば、ここ数か月金融機関を回ってばかりで、ホテルに顔を出していなかったな」

クマ太郎は、もともと現場にはあまり顔を出すほうではなかった。ビジネススクールで学んだ最新の経営理論で分析すれば、答えが出ると思っていたのだ。

しかし現実は違った。企業を経営していくうえで最新の経営理論はほとんど役に立たなかった。

ここ数か月は資金繰りに奔走し、ますます現場から遠ざかっていた。それではまずいとクマ太郎も気づいていた。

「とにかくお客様の声を聞いてみよう」

クマ太郎は、久しぶりにリゾートホテルのフロントに出向いた。

フロントでチェックアウトするお客様一人ひとりに声をかけ、感想を聞くことにしたのだ。

「お客様、このたびはどうもありがとうございました。ご滞在はいかがでしたか？」

「おかげさまでゆっくりできましたよ」

何人ものお客様に聞いてみたが、特に不満を言うお客様はいなかった。

お客様アンケートを見ても、満足―普通―不満の三段階のうち不満に丸をつけるお客様はほとんどいない。改善してほしい点についてもほとんどが無記入だった。

「おかしいな。お客様の声のなかに、改善のためのヒントがあると思ったのに」

クマ太郎は、クマの湯についてブログで酷評されているというカモメ氏の言葉を思い出し、インターネットで「クマの湯ホテル＆リゾート」を検索してみた。

たしかに、サイコロジカル式導入後一か月くらいの記事は、広告と実態との乖《かい》離《り》を非難する言葉があふれていた。しかしサイコロジカル式をやめたあとは、ブログでの悪評もほとんど見られない。

「お客様は特段不満を抱いているわけではない。なのに、なぜ客数が減っていくんだ？」

お客様に不満があれば、それを改善することはできる。でもそれがわからなければ対応のしようがない。

ある日、クマ太郎がホテルの庭を歩いていると、木の陰からお客様の話す声が聞こえた。

「なんか期待したほどじゃなかったわねー」
「そうね、でも日本のリゾートホテルってこんなものじゃない？」
「来年こそはお金ためてバリのリゾートに行きたいな」

お客様の会話を聞いて、クマ太郎ははっとした。

「そうか。特に大きな失態がなければ、お客様は不満を口にしない。
でもそれはお客様の期待を上回ったことにならない。
期待を上回らなければお客様にまた来ていただけることはないし、いい口コミも
広がらない。だから客数が減っているんだ」

クマ太郎は客数が減っている理由が理解できた気がした。

お客様に不満をもたれないレベルではダメなんだ。お客様の期待を上回らないといけないんだ。

クマ太郎は、「期待したほどじゃなかった」というお客様の声を反芻《はんすう》していた。

「クマの湯は、お客様の期待を上回ることができていないのか。でもいったいどうしたらいいんだ？」

悩んでも仕方がない。答えは現場にあるはずだ。

クマ太郎は再びフロントに立ち、チェックアウトするお客様に声をかけることにした。

今回は、質問の仕方を変えてみた。

「お客様のご期待を上回りましたでしょうか？」

「うーん、そうねえ。悪くはなかったけど、期待を上回るかって言われるとどうかしら」

お客様ははっきりとは言わなかったが、期待を上回っていないことは明らかだ。

お客様は何を期待しているんだ？

何をすれば期待を上回れるというのだろう？

クマ太郎は思い切ってお客様に聞いてみた。

「どうすればお客様のご期待を上回ることができたのでしょう？」

「うーん、なんていうか。物足りないというか。うまく言えないわ」

何をしてほしいか自分でもわかっていないじゃないか！

クマ太郎は文句を言いたくなったが、それをこらえて質問を変えた。

「またいらしていただけますか」

「そうね、また機会があったらね」

明らかに気のない返事だった。おそらくこのお客様がまた来てくださることはないだろう。

ほかにも何名かのお客様に声をかけてみたが、どのお客様も、これをしてほしいという明確なニーズはもっていなかった。しかし同時に、ぜひまた来たいというお客様もいなかった。

「お客様の期待って何なんだ？」

その夜、クマ太郎は考え続けた。

良質な温泉もあるし、自然の恵みを活かしたそれなりに美味しい料理もある。それだけではダメなのか？

ある日、クマ太郎は一泊二日の出張で福岡まで来ていた。

仕事を終え、予約したビジネスホテルに向かった。

業績が厳しく、自分の給料も減らしているクマ太郎は安いホテルしか使えない。しかし福岡にはクマ太郎のお気に入りのホテルがあった。安いのに非常に快適なのだ。

「いらっしゃいませ！」

ホテルの入り口を入ると、元気な声が響き渡った。

「いつも挨拶がさわやかで気持ちがいいな」

そう思いながら受付でチェックインすると、受付スタッフの対応も笑顔で心地いい。

「五〇八号室です。ごゆっくりおくつろぎくださいませ」

「どうもありがとう」

クマ太郎はキーを受け取り、エレベータで五階に上がり部屋に入った。

部屋は決して広くないし、アメニティも最小限度のものしかそろっていない。しかし掃除は行き届いているし、ちょうど使いやすい場所にアメニティがセットされているなど、細かい心配りを感じる。なんとも居心地がいい。

クマ太郎は日頃の疲れが少し癒されたような、いい気持ちで眠りについた。

翌日、帰りの飛行機が台風で欠航になり、急遽延泊せざるをえなくなった。

「困ったな。昨日のホテル、まだ空いているかな」

昨日泊まったホテルは、数日前から予約をしておかないとすぐ満室になってしまう。

電話をしてみたが、やはり満室だった。仕方なく数件となりにある別のビジネスホテルを予約した。

ホテルに入ったとたん、クマ太郎は重苦しい空気を感じた。

スタッフらしき人と目があったが、挨拶もしない。

受付の女性は無愛想に鍵を手渡した。

「七〇四号室です」

クマ太郎は一気に不愉快な気分になった。

「どうしてあんなにつまらなそうに仕事をするんだろう。あんな顔をされたら、こちらもつまらなくなる。

せっかく仕事をするなら、もっと楽しそうにすればいいのに」

そう思いながらクマ太郎は部屋に入った。

部屋はきれいだった。

昨日のホテルよりもむしろ新しくて広い。設備もアメニティもほとんど変わりはなかった。

しかしクマ太郎はなぜか不愉快な気分だった。

宿泊料金は、実は昨日のホテルよりも五〇〇円安い。それなのにクマ太郎は、なんとなく損した気分になり、浮かない気分のままベッドに入った。

クマ太郎はベッドのなかで考え続けていた。

「昨日のホテルも今日のホテルも、部屋の広さや設備にほとんど差はない。むしろ今日のホテルのほうが新しくて広い。違うのはスタッフの応対だけだ。それなのに、昨日はさわやかな気分で眠れて、次回福岡に来るときもまた利用しようと思った。今日のホテルは、たぶんもう二度と使わないだろう。実際に稼働率を見ても、昨日のホテルいつも満室、今日のホテルはまだだいぶ空室があったみたいだ。スタッフの応対の違いだけで、こんなに違うものなのか？」

クマ太郎は自分の感情がよく理解できなかった。

「僕はビジネスホテルに対して、宿泊という機能を求めているつもりだった。昨日のホテルも今日のホテルも、宿泊という機能はちゃんと提供してくれている。それなのにこの違いは何なのだろうか……。

ひょっとして僕は、宿泊という機能を求めているんじゃなくて、気持ちよく宿泊することを求めているんじゃないか?」

**クマ太郎ははっと気づいた。**

「リゾートホテルも同じかもしれない。お客様は、温泉と食事という機能を求めているのではなくて、温泉とホテルによって癒されたい、楽しくなりたい、幸せになりたい、という感情面のニーズをもっているんじゃないだろうか」

**クマ太郎は、なんとなくわかった気がした。**

「よく考えれば、人間の行動はすべてそうなんじゃないか。

洋服も、服としての機能だけだったら、一番安い服でいいはずだ。それでもおしやれな服を買うのは、それによって幸せになりたいからだ」

トラ助やヒョウ吉と会ったときに感じた違和感も理解できた。

「人はみんな幸せを求めている。人はみんな幸せになるために生きている。それなのに企業活動によって人が不幸になったら、わざわざ莫大なコストをかけて企業が活動する意味はないじゃないか。

ビジネススクールでは、企業は利益を稼ぎ、株主価値を最大化することが目的だと教わった。でも株主価値を最大化しても、それで人が不幸になったら、そんな企業活動に意味はない。

人の幸せと株主価値の最大化、どちらが大事かって言ったら、人の幸せが大事に決まっているはずだ。

でも、そんなことはビジネススクールでは教わらなかった。

大企業の経営者を見ても、有名な経営学者が書いた本を読んでも、みんな経営者の使命は株主価値の最大化だと言っている。
自分の考え方は間違っているんだろうか?」

答えが出ないまま、クマ太郎は眠りについた。

福岡から戻った翌日、クマ太郎は県内でも有名な高級レストランに向かっていた。

クマ太郎は、リゾートホテル協会の副会長を務めている。今日は会長代行として、政治家のブタ先生を接待するのだ。

ブタ先生は、地域への道路建設にご尽力されている。クマ太郎は、これ以上道路をつくることが将来の日本国民に迷惑をかけることはわかっていた。しかし道路ができれば温泉へのお客様も増えるはずだ。そのためにもブタ先生への接待は重要だった。

冷静に考えれば、いくら道路ができても温泉そのものに魅力がなければお客様は増えないのだが、クマ太郎には考える余裕はなかった。

レストランはブタ先生のお気に入りらしく、お洒落なフランス料理店だった。

「先生、いつもお世話になっています。道路建設、ぜひよろしくお願いします」

クマ太郎は罪悪感を覚えながら深々と頭を下げた。

「君がリゾートホテル協会副会長のクマ太郎君か。私も県の発展のために全力を尽くしている。君たちもがんばってくれたまえ」

ひととおりの挨拶が済み、メニューが配られた。

クマ太郎はメニューを見て驚いた。輸入物のミネラルウォーターが一ボトル七〇〇円もする。

近所の酒屋では、同じ輸入物ミネラルウォーターが一ボトル三〇〇円で売っている。

三〇〇円の水が七〇〇円なんて、ぼったくりじゃないか？

クマ太郎は内心そう思った。


しかし食事が進むにつれ、その感情は消えていった。


とにかく心地いいのだ。

マニュアルどおりのサービスではなくて、お客様一人ひとりに応じて、それぞれが望んでいることを先読みしてさりげなくサービスしている。

何より、みんな笑顔で対応がさわやかだ。高級店なのに堅苦しいところがなく、むしろ家庭的で温かい。かといってなれなれしいわけではなく、ブタ先生がまじめな話をしているときは決してさえぎらない。

気持のいいサービスのおかげで、このような店に慣れていないクマ太郎もすっかりリラックスしてきた。


いつしか三〇〇円の水が七〇〇円で売られていることなど忘れてしまった。

こんな素敵な空間で水を飲めるなら、十分にそれだけの価値はある。

美味しい料理とお酒で酔っ払ったブタ先生は、気分よさそうに自分の自慢話をはじめた。

その話を聞いているふりをしながら、クマ太郎は考えた。

「三〇〇円の水を七〇〇円で売れば、利益は四〇〇円だ。

この四〇〇円の利益はどこからきているんだろうか？

普通に三〇〇円の水を七〇〇円で売っても誰も買う人はいない。でもこれだけ心地いい空間でなら七〇〇円出しても買ってしまう。

三〇〇円の水を七〇〇円で買っても損した気分にならない。

ということは、僕はこの水に、水そのものの価値である三〇〇円のほかに、四〇〇円分の何かの価値を見出しているはずだ。

その四〇〇円分の価値が、この心地よさってことなんだろうか?」

クマ太郎は自分の感情を見つめてみた。

たしかに、近所の酒屋で買うときには水としての価値しかないから、三〇〇円しか払わない。

レストランで買う場合は、水としての価値だけでなく、心地よさという価値があるから七〇〇円払う。

つまり心地よさに対して四〇〇円分を払っていることになる。

クマ太郎が考えているとメインの料理が運ばれてきた。

クマ太郎は料理を見ながら思った。

「これは水だけじゃなくて、料理も同じだ。

このレストランの料理の値段は、近所の定食屋よりも比べ物にならないほど高い。

もちろん、いい食材を使ってるし、内装も豪華だし、スタッフもたくさんいる。

でも料理の値段は、料理の材料費や人件費や光熱費や、その他の費用を合わせた金額よりも当然高いはずだ。

そうでなきゃ、このレストランは利益を得られない」

**クマ太郎は、このレストランが最近二号店を出店したという話を思い出した。かなり利益も出ているようだ。その利益の本質は何なのか？**

「どうしてレストランの客である僕は、材料費や人件費などの費用よりも高い価格を払っても高くないと感じるんだろう？

それはやっぱり、心地よい空間で美味しい料理を食べられるという幸福感に価値を認めているからなんじゃないか。

つまりお客様は、料理そのものではなくて、食事を通じて得られる幸福感に対してお金を払っているってことだ」

**クマ太郎は福岡出張の際に泊まったホテルを思い出した。**

「このまえのホテルも同じだ。

僕は、宿泊という機能ではなく、心地よさという幸福感に対してお金を払ったんだ。だから心地よく泊まれたホテルは安いと感じ、不快な気分になったホテルは高いと感じた。

そして、心地よさを提供したホテルが、多くの利益を得ている。つまりお客様の幸福感がホテルの利益の源になっている」

「ということは、利益はお客様の幸福の対価ってことじゃないのか？」

クマ太郎は膝を叩いた。

ブタ先生はちらっとクマ太郎を見たが、何事もなかったかのように気持ちよさそうに自慢話を続けた。

クマ太郎はブタ先生の話に適当に相槌をうち、考え続けた。

「人は誰でも幸せになりたいと思っている。

でも当社も含めて、ほとんどの会社はお客様を幸せにすることよりも、モノやサービスという機能ばかりを追求している。

そんななかで、このレストランやこのまえのホテルのように人を幸せにしている会社は、高収益を確保している。それはつまり、お客様が自分の幸福感の対価として、お金を払っているってことだ。

会社の利益は、お客様の幸せの対価ってことなんだ」

クマ太郎はうれしくなった。何かがつながった気がした。

食事を終え、ブタ先生をお見送りしてから、クマ太郎は歩いて家まで帰ることにした。家まで歩くと三〇分以上かかるが、今のクマ太郎にはタクシーを使う余裕がなかった。

歩いているうちに、少しずつ酔いが醒めクマ太郎は冷静になってきた。

「会社の利益がお客様の幸せの対価という考え方は、本当に正しいんだろうか?」

クマ太郎は確信がもてなかった。ビジネススクールでは、そんなことは教わらなかったからだ。

「ビジネススクールでは、顧客満足や企業の社会的責任っていう考え方は教わった。でもそれはどちらかというと、やらなければならない義務のような感じだった。

顧客満足や社会的責任を無視してはいけないとは教わったけど、それが果たして利益をもたらすことになるんだろうか」

クマ太郎は不安になった。

「ビジネススクールでも教えていないってことは、僕の考え方が間違っているのかもしれない。

第一、お客様の幸せなんて甘いことを言ったら、ビジネススクールの仲間にバカにされるんじゃないか」

クマ太郎は、これまでの考え方を捨てられずにいた。

ビジネススクールで経営理論を叩き込まれたクマ太郎にとって、人の幸せのような感覚的で抽象的な議論はレベルが低い、という考え方をどうしても拭《ぬぐ》い去れないのだ。

クマ太郎が悩みながら歩いていると、突然、うしろから声がした。

「お客様！」

振り返ると、先ほどのレストランのスタッフだった。走ってきたのか、息を切らしている。

「お客様、ハンカチをお忘れです」

「えっ、わざわざ届けてくれたのですか？」

なんと、クマ太郎が席に忘れたハンカチを、スタッフが走って届けに来てくれたのだ。

「どうもありがとうございます。でもどうしてわざわざ……？」

クマ太郎はうれしい反面、スタッフの行動が理解できなかった。

忘れ物なら保管しておけばいい。客が気づいて電話してきたら、取りに来るのを待っていればいい。わざわざ走って届けに来なくても……。

そう思っていたクマ太郎に、スタッフが言った。

「いえ。せっかくのすばらしい夜が、忘れ物をしたことで台無しになってはいけませんから」

その言葉を聞いて、クマ太郎は心底驚いた。

「このスタッフは、食事という空間だけでなく、僕のすばらしい夜を演出することまで考えてくれているのか。しかも考えているだけでなく、本当にその責任を果たそうとしてくれた」

「本当に間に合ってよかったです。本日はお越しくださいましてどうもありがとうございました」

スタッフは深々と頭を下げた。

「こちらこそ、感動しました。またぜひ来たいと思います」

クマ太郎はお世辞ではなく本心からそう言った。こんなすばらしいレストランなら絶対にまた来たい。

クマ太郎がその場を離れてしばらくしても、スタッフはまだこちらを見てお辞儀し、手を振っている。その姿を見てクマ太郎は確信した。

「やっぱり間違いない。利益はお客様の幸せの対価なんだ」

クマ太郎は、ビジネススクールを優秀な成績で卒業しながら幸せとはほど遠いトラ助の顔と、今のレストランスタッフの満足そうな顔を思い浮かべた。

お金のためだけに働くのと、お客様を幸せにしてその結果として利益を得るのと、どちらが自分の目指すべき方向なのか。

「どちらが正しいかじゃない。自分がどちらを望むかだ」

クマ太郎は迷いを吹っ切るように言った。

「ビジネススクールのみんなに話したら、きっとバカにされるだろう。でもいいんだ。僕らはお金のためだけに働くんじゃなくて、お客様を幸せにするために働くんだ！

そしてお客様が幸せになって感謝してくれれば、自分も社員も幸せになって、企業も利益を得られる。

企業活動は、みんなを幸せにするものなんだ！」

クマ太郎は、自分のなかで大きな変化が起きているのを感じていた。

# 第三章

# 変化の胎動

利益はお客様の幸せの対価であり、自分はお金のためだけじゃなく人の幸せのために働いている。

そのことに気づいてから、クマ太郎はものごとの見方が変わった。

今までは、働く目的はお金を稼ぐことだった。自分の時間をつねにお金に換算していた。だからお客様はお金にしか見えなかったし、仕事も楽しくなかった。いかに効率よく仕事するかばかりを考えていたし、お金に結びつかない仕事は避けていた。お金のために仕方なく仕事をしていたのだ。

でもそうじゃないことに気づいた。

働くのはお金のためだけじゃない。人を幸せにするためなんだ。

「でも何から手をつければいいんだ？」

クマ太郎は迷った。

何しろお金がない。お客様の幸せのために新しいことをはじめようにも先立つものがなかった。


「お客様を幸せにするって言っても、どうすればいいんだろう。

お金が無ければ、結局何もできないんじゃないか？」


クマ太郎は悩んだ。

お客様を幸せにするアイディアはいろいろ出てきたが、どれもお金がかかる。

クマの湯ホテル&リゾートには新しい取組みにお金を使う余裕はまったくなかった。


「うーん、どうしたらいいんだろう」

悩んだあげく、ふと、ひとつの結論に達した。

「お金はないけど、でも今自分は考えてる。お金はなくても、お客様の幸せのために何ができるかを考えることはできるんだ。考えるだけならタダだもんね」

そう思うとクマ太郎は少し安心した。

さて、何ができるだろうか。

とにかく、クマの湯の社員はみんなお客様の幸せを考えていない。まずここを変えなければはじまらない。

でもどうやって社員に伝えたらいいんだろう？

お客様第一主義は以前から掲げていた。掲げていたのに機能していなかった。ここでまた、お客様の幸せが大事だと言ったところで、急に社員が変わるとも思えない。

「でもまず伝えるしかない」

クマ太郎は社員をホールに集めた。

ホールに集まった社員を前に、クマ太郎はゆっくりと力強く語りかけた。

「いいか、みんな、お客様の幸せが大事なんだ。今日からお客様の幸せを第一に考えるんだ！」

突然のことに社員はとまどった表情を見せた。

何を言ってるんだ？　という怪訝《けげん》な顔をする社員もいた。

「我々はお客様を幸せにするからこそ利益を得られるんだ。利益を得るためにも、お客様を幸せにすることが大切なんだ！」

クマ太郎は、自分の気づきを社員に共有させたかった。

社員がお客様の幸せを真剣に考えれば、クマの湯ホテル＆リゾートはきっと回復する。

そんな想いで力強く語った。

果たしてクマ太郎の想いは社員に通じたのだろうか？

クマ太郎が社員に想いを伝えてから数日経過したが、目立った変化はなかった。

クマ太郎があれだけ熱く語ったのに、社員には届いていなかったのだ。社員のモチベーションは上がらないままだった。

業を煮やしたクマ太郎は再び社員を集め、語気を強めて言った。

「みんな、もっとお客様の幸せを考えるんだ！」

しばしの沈黙の後、コン吉から意外な言葉が返ってきた。

「お客様の幸せの前に、まず僕たちを幸せにしてくださいよ。こんな安月給で、リストラまでしておいて、客の幸せなんて考えていられないですよ」

コン吉の発言を聞いて、うなずいている社員も少なくなかった。

クマ太郎は、自分と社員との間の深い溝を感じ取った。

このとき、クマ太郎は社員との信頼関係が壊れていることにはじめて気がついた。

特にリストラがいけなかった。あのリストラによって、信頼関係は大きく損なわれてしまったのだ。

クマ太郎は、十分な説明をせずにリストラに走ったことを心から後悔した。しかし後悔しても何もはじまらない。どうすればいいのだろうか。


社長室に戻ったクマ太郎は力なくつぶやいた。

「どうしてうちの社員は、あんなに冷めて、人の幸せを考える余裕を失ってしまったんだろう」

そう言いながらも、クマ太郎は答えがわかっていた。ただ自分の非を認めたくなかったのだ。

しかし問題の原因が自分にあることは明らかだった。

営業部のノルマを厳しくしたために、お客様の幸せよりも、まず売上を稼ぐことを重視する体質が社員に染み付いてしまった。

なんだかんだ言っても結局たくさん売った人が評価される、という考え方は営業部だけでなく社内全体に広がり、みんなお客様の幸せよりも自分のことしか考えなくなってしまったのだ。

考えてみれば当然だ。

どれだけ社長がお客様の幸せを唱えても、ノルマの達成度合いで人事評価している限り、社員は真剣にお客様の幸せを考えようとはしない。

「ノルマを廃止すべきだろうか」

クマ太郎は悩んだ。

「この厳しい経営環境で、ノルマを廃止して大丈夫なんだろうか。ノルマで厳しく管理することをやめたら、社員はさぼって働かなくなるんじゃないか」

ノルマを廃止して社員が働かなくなる姿を想像して、クマ太郎ははっと気づいた。

「ああ、なんてことだ。やっぱり僕のせいだったんだ」

クマ太郎は、社員を信頼していない自分に気づいたのだ。

「社員から信頼されないのもムリはない。僕が社員を信頼していなかったんだもの」

すべての責任は自分にあった。

その事実を受け容《い》れるのは辛かった。しかしクマ太郎は、すべての責任が自分にあると自覚したことで、かえって自由になれた気がした。

「そうか。だったら自分が変わるしかない」

他人や環境のせいにするから問題は解決できない。すべての責任が自分にあるなら、どんな問題でも自分で解決できる。

クマ太郎は自分が何をすべきかが少しずつ見えてきた。

「社員からの信頼を取り戻すために、本気だってことを示さないといけない。そのためにはまずノルマを廃止することだ」

ノルマの廃止を決めたものの、クマ太郎は不安だった。

今までノルマの達成度合いで人事評価していたのに、今後は社員を何で評価すればいいのだろうか。

「そうだ。この機会に評価制度も変えよう。

お客様を幸せにした人が評価されるような評価制度にしよう」

社長がどれだけ崇高な企業理念を掲げても、その理念が人事評価制度とリンクしていなければ機能しない。

クマ太郎は、営業部の社員だけでなく、フロントのスタッフも含め、お客様の幸せをベースに評価する体系に切り替えることに決めた。

「でも、どうすればお客様の幸せをベースにした評価体系になるのだろう」

クマ太郎には妙案がなかった。

一人で考えていても仕方がない。まず役員会議で提案してみることにした。

人事評価体系の変更を役員会議で諮ると、ほかの役員から予想以上の反発を受けた。

「お客様の幸せなんて、いったいどうやって測るのですか?」

「人事評価が極めて恣意的になってしまいます」

もっともな反論だった。あまりに強硬に反論するので、クマ太郎は一瞬ひるんでしまった。

しかし、ヒステリックになっている役員たちを見て、クマ太郎は反対の本音は別のところにあるように感じた。

もしお客様の幸せを基準に人事評価を決めれば、今まで年功序列で高い給料をもらっていたベテラン社員で、お客様の幸せに貢献していない者の給料は減ることになる。

そう考えて見てみると、役員会議で猛反発したのは、自分のことばかり考えて部下からの人望もない役員たちばかりだった。

「自分の考えは間違っていないはずだ」

そう思ったクマ太郎は、役員たちの反対をさえぎって言った。

「私は本気です。新しい人事評価体系の素案を次回の役員会議で提出します」

クマ太郎はそう言い残して会議室をあとにした。

「どうすればあの役員たちを説得できるだろう」

そう思いながら社内を歩いていると、廊下の陰から社員が小声で話しているのを耳にした。

「どうやら人事評価制度が変わるらしいよ」

「本当？　そしたらあの給料泥棒の課長のぶんが、少しは私たちに回ってくるかな」

その会話を聞きながらクマ太郎は思った。

「人事評価制度の改革は、すべての人が反対しているわけではないんだ。むしろ変化を望んでいる社員もいるのかもしれない」

クマ太郎は、若手社員からも直接意見を聞くことにした。するとクマ太郎の予想を裏付ける事実が判明した。

若手社員の多くは、変化を望んでいたのだ。

クマ太郎は様々な部署から若手を中心に六人の社員を集め、人事評価制度改革プロジェクトをスタートさせた。

プロジェクトメンバーが議論を重ねた結果、年功序列の要素を少なくし、お客様から評価が高く、かつ社員の多くが認める人が、年次を問わず高く評価される仕組みができあがった。

クマ太郎はさっそく新人事評価制度の導入を役員会議で諮った。強硬に反対する役員はいたが、社長権限で採決した。

人事評価制度を変えたことで、社員の目の色が変わった。

本気でお客様の幸せを考えるようになったのだ。

「よし。できるところから変えていくぞ」

改革の手ごたえを感じたクマ太郎は、ほかの改革にも動きはじめた。

クマ太郎がもっとも気にしていたのは、社内の沈んだ雰囲気だった。過度なコスト削減とリストラによって、社員のモチベーションは大きく低下していた。

クマ太郎は社内を明るくしたかった。福岡で泊まったビジネスホテルのように、社員が明るくさわやかに対応すれば、お客様も快適な時間を過ごせるはずだ。

そんなとき、クマ太郎は「笑顔が会社を明るくする」という記事を雑誌で見かけた。

「笑顔だけで会社が明るくなるなんて本当かな？　そんなに単純なものだろうか？」

クマ太郎は内心、記事の内容を疑った。

でも笑うだけならお金はかからない。

資金の余裕がまったくないクマ太郎にとって、お金をかけずに効果がありそうなことは、何でもやってみるしかなかった。

笑顔を作るのは、思ったほど簡単ではなかった。毎日のように資金繰りに駆けずり回り、いつ倒産してもおかしくない状況に追い込まれていたクマ太郎は、本心から笑うことを忘れていたのだ。

鏡を見ながら笑顔を作っても、どうも無理がある。不自然な笑顔だった。

「こんな笑顔で効果があるのだろうか？」

しかしクマ太郎は、驚くべき効果を実感する。

たとえ本心からの笑顔でなくても、鏡の前で笑顔を作る練習をするだけで気持ちが前向きになり、心が晴れやかになるのだ。どうやら顔の表情と心は連動しているらしい。

毎朝毎晩、笑顔の練習をしているうちに、少しずつ自然な笑顔ができるようになってきた。

「でも……」

クマ太郎はまだ不安だった。ここ数か月、クマ太郎は社内でほとんど笑っていなかったからだ。

「急に笑顔になったりしたら、社員は気味悪がるんじゃないだろうか」

しかし臆している場合ではない。思い切って笑顔を心がけてみることにした。

「おはよう！　どう、調子は？」

クマ太郎は笑顔で社員に挨拶した。

「恥ずかしいな……」

はじめのうちは、笑顔の挨拶は楽ではなかった。しかし徐々に変化が現れはじめる。

クマ太郎がつねに笑顔でいることで、徐々に社内の雰囲気も明るくなっていったのだ。

社員から気軽にクマ太郎に話しかけてくるようになり、クマ太郎がいる場所で冗談が飛び交うようになった。以前では考えられなかったことだ。

「これはすごい」

クマ太郎は笑顔の効果に驚いていた。

「やはり自分次第だったんだ。自分が笑えば周りが明るくなるんだ」

周りの雰囲気を暗くするのも自分なら、周りを明るくするのも自分だった。クマ太郎は変化の兆《きざ》しを感じながら、社長室に戻った。

「ふう——」

社長室の扉を閉めたクマ太郎は、気が抜けたのか思いがけず大きなため息をついた。

「本当は本心から笑えるといいんだけどな……」

そう思いつつも、クマ太郎はこれだけ効果があるならもっと笑顔を心がけようと思った。

クマ太郎の笑顔によって社内も明るくなり、社員にも前向きな発言が増えてきた。

「よし、お客様を幸せにするアイディアをみんなで考えよう」

この雰囲気ならきっといいアイディアが生まれる。

そう思ったクマ太郎は、やる気のある社員一〇名を集め、新しいアイディアを出し合う会議を開くことにした。

アイディア発想法については、ビジネススクールで学んだブレインストーミングという手法を用いることにした。

批判厳禁、どんなくだらないアイディアでも肯定し、他人のアイディアに積極的に便乗し、質より量でアイディアを出していく手法だ。

「何でもいいから、制限時間三〇分でアイディアを出し合おう！」

はじめのうちはアイディアが出てこなかった。

しかし、上司が積極的にくだらないアイディアを出すべきと習ったことを思い出し、クマ太郎は自分からレベルの低いアイディアを出していった。すると、社員から自然と多くのアイディアが出てきた。

アイディアを出し合うのは楽しい。三〇分で一〇〇を超えるアイディアが出た。


問題は、たくさんのアイディアからどれを選ぶかだ。

このとき、クマ太郎はアイディアを選ぶ基準をもっていなかった。仕方がないので、とりあえず効果がありそうでコストのかからないものから選んでいくことにした。


アイディアのなかには、一流ホテルのマナーを学ぶというものもあった。

クマの湯ホテル&リゾートでも、フロントスタッフは配属時に社内でマナー研修をするが、研修内容は創業当初から変わっていなかった。一流ホテルと同じレベルのマナーを身につければ、お客様はきっと幸せを感じるだろう。

マナー講師を招くお金はなかったが、社員の友人にかつて一流ホテルのホテルマンだった人がいると聞き、温泉入り放題を条件に来てもらった。研修のおかげで、四五度のていねいなお辞儀が身についた。温泉リゾートホテルで四五度のお辞儀が適切なのかどうかわからなかったが、しかしプラスになりそうなことは何でも取り入れていった。

ほかにも、お客様に道を聞かれたら目的地まで案内する、お客様の声を集める目安箱を置く、お客様の要望に何でもお応えするコンシェルジュデスクを設置する、外国人のお客様のために英語の食事メニューを用意する、県内のテーマパーク観光と温泉のパッケージツアーを導入するなど、すぐにできるアイディアから取り組んでいった。

クマ太郎は、取り入れるアイディアに統一感がないことを薄々感じてはいたが、とにかく新しいアイディアを実行できることがうれしかった。

「できることからひとつずつやっていこう」

たくさん出たアイディアのなかのひとつに、クマ太郎は目を留めた。

『サプライズをする』

社員のパン太が出したアイディアだった。

パン太は、ある雑誌で人気レストランが特集されており、そのレストランの特長がサプライズだということを発見した。

お客様があっと驚くサプライズをしかけることで、多くのファンを集めているというのだ。

「うちのホテルでもサプライズをしましょう。サプライズをすれば、お客様を幸せにすることができるはずです」

パン太は自信満々に言った。

クマ太郎も、グッドアイディアのように思えた。

「具体的にどうするんだ?」

「レストランと同じく、バースデーのサプライズをするんですよ」

バースデーのサプライズか。楽しそうだ。

「なるほど、これはいける」

とクマ太郎は思った。

しかしレストランと違って、誕生日にリゾートホテルに来る人は少ない。仕方がないので、チェックインの際にお客様に記入していただく用紙に誕生日の欄を追加した。するとさっそく、チェックインしたお客様のなかに三日後が誕生日の女性がいることがわかり、サプライズを実行することにした。

その晩、誕生日が三日後の女性が男性とともに食堂にやってきた。パン太をリーダーとするサプライズ班は、厨房で待機していた。クマ太郎も一緒だった。

食事が終わり、デザートの時間になった。いよいよサプライズだ。クマ太郎の期待は高まった。

「きっとお客様は感動してくれる。もしかしたら泣いてしまうかもしれない。クマの湯の大ファンになってくれるはずだ」

デザートをテーブルに並べると、おもむろにスタッフ三人がお客様の席を取り囲み、クラッカーを鳴らした。

「お誕生日、おめでとうございます!」

しかし、お客様の反応は、クマ太郎の期待とは違っていた。明らかに迷惑そうな顔をしている。

場の空気が次第に凍りつくのがわかった。

「な、なぜだ?」


男性がパン太に言った。

「気持ちはありがたいけど、ちょっと非常識じゃないですか?

二人でゆっくりしたくてこのホテルを選んだのに。プライベートな時間をぶち壊すような真似はやめてほしい」

「も、申し訳ありませんでした！」

クマ太郎は急いで男性の前に行き、誠意をもって謝った。幸い、お客様もそれ以上文句は言わなかった。

カップルが食堂を去った後、飛び散ったクラッカーを片付けながらパン太は吐き捨てるように言った。

「何だよ、あいつ。せっかくお祝いしてやったのに」

クマ太郎も同じ気持ちだった。力ない声でつぶやいた。

「サプライズをすればお客様は感動すると思っていたのに……」

クマ太郎はわからなくなった。

「いったいどうすればお客様を幸せにできるんだろうか……」

クマ太郎を悩ます出来事はほかにもあった。

アンケートのなかに、わざとらしいサービスはやめてほしいとの意見が出ているのだ。


「せっかく社員が一生懸命やってるのに」

クマ太郎はショックだった。

社員は今までにないほどお客様の幸せを考えてがんばっている。それなのにわざとらしいからやめてほしいなんて。

社員のがんばりを理解しないお客様に腹が立った。


しかしクマ太郎自身、たしかに社員のサービスがちょっとわざとらしいと思うこともある。

「今までお客様の幸せを考えてこなかったからぎこちないのだろう。時間が経てばサービスは洗練されてくるはずだ」

そう思っていたが、一か月経ってもアンケートに目立った変化は見られない。

そこでクマ太郎は、社員のお客様に対する態度をよく観察してみた。すると、より本質的な問題があることに気づいた。

「社員は心からお客様の幸せを望んでいるわけではないのかもしれない」

人事評価上、お客様を幸せにした社員が高く評価されるから、社員は仕方なくやっている。それがお客様に伝わるのだ。

「だからサービスがわざとらしくなってしまうんだ。でも、どうしたら社員は、心からお客様の幸せを望むようになってくれるんだろうか……」

社員が、人事評価のためではなく、本心からお客様の幸せを考えるようになるためにはどうすればいいのか。クマ太郎にはわからなかった。

「考えていても仕方がない。社員に直接意見を聞いてみよう」

悩んだクマ太郎は、社員一人ひとりから直接聞いてみることにした。

まず、いつも冷めた態度をとるコン吉に声をかけた。

「君はよくやってくれている。それは私も認めている。

しかし、どうも本当に心からお客様の幸せを望んでいるようには見えないんだ。

どうして本気になってお客様の幸せを考えてくれないんだ?」

コン吉は小馬鹿にしたような表情で答えた。

「本気で考えるなんてムリですよ。

評価対象になるからやってるけど、自分にはどうして客の幸せを考えなきゃいけないのかわかりません」

やはりそうだったのか。

ストレートな表現にいささかショックを受けていたクマ太郎に、コン吉は続けて言った。

「第一、社長は本気でお客様の幸せを考えているんですか？　どうせ会社の利益になるからお客様の幸せを考えてるだけなんじゃないですか？　そんなのお客様を利用しているだけじゃないですか。偽善ですよ」

厳しい一言だった。クマ太郎は言葉に詰まった。

「そ、それは………」

今のクマ太郎には反論できなかった。図星だったからだ。

自社の利益のためにお客様を幸せにしようとしている。偽善と言われてもしかたなかった。

コン吉の言葉はショックだった。

しかしクマ太郎には、この問題について深く考えている暇はなかった。

業績が徐々に回復しはじめたからだ。

たとえ人事評価のためとはいえ、社員は自発的にお客様の幸せを考えている。

そんなことはここ数年のクマの湯ホテル＆リゾートではなかったことだ。それだけで歯車は好転しはじめた。

減る一方だった客数が回復をみせ、ホテル内が活気づくようになった。

クマ太郎は手ごたえを感じていた。

「まだまだやるべきことはたくさんある」

お客様の幸せという視点でものごとを見はじめると、今までの社内の仕組みに改善できる余地がたくさんあるように思えた。

たとえば社内の文書資料だ。

ある役員会議の日。いつものように何十ページにわたる資料が配られた。

この膨大な資料は、お客様の幸せに結びついているんだろうか？

クマ太郎の頭にそんな疑問が浮かんだ。

「どうして役員会議の資料はいつもこんなに分厚いんだ？」

「それは昔からそうなってまして」

経営管理部長のピヨ子が答えた。

「たしかにそうだけど、こんな分厚い必要があるのか？　無駄な資料もあるんじゃないのか？」

「いえ、どの文書も必要です」

ピヨ子は譲らなかった。


本当にそうだろうか。

参考資料は会議でも使わないし、あとで読んでおいてくださいと言われるが実際に読んだ試しはなかった。それでも何ら問題はなかった。

クマ太郎には、この膨大な資料は、ちゃんと会議に通したというアリバイ作りのための資料のように思えた。


ピヨ子は、経営会議の前は徹夜して資料を作っているという。

でもこの資料はだれの幸せにも結びついていない。だったらなくしてしまったほうがいいのではないか？

クマ太郎は言った。

「参考資料は、あとで読んだことはないが何も困ったことはない。だから次回からは、参考資料の部分は用意しなくていい」

それを聞いたピヨ子は動揺した。

「えっ、じゃあ私は何をすればいいんでしょう？」

クマ太郎は、ピヨ子が自分の仕事がなくなってしまうことを恐れているのだと察知した。だからすべての資料が必要だと主張しているのだろう。

ならば別の役目を与えればいい。

「ピヨ子さん、あなたもお客様の幸せのため、社員の幸せのために何ができるのか考えてくれませんか」

クマ太郎はピヨ子に対して、今まで資料作成に使っていた時間と労力を、お客様と社員の幸せのために使うように言った。


数週間後、クマ太郎は廊下ですれ違ったピヨ子にきいた。


「調子はどう？」

「私、うれしいです。仕事でこんなに感謝されることがあるなんて知りませんでした。

今までは、いつも他部署の人たちに資料の提出をお願いするばかりで、その資料を徹夜してまとめて、ちょっとむなしさを感じていました。

でも今回、社員のみんなの幸せを思って、社員のみんなに役立つ情報をまとめた資料を作ったら、多くの人たちに喜んでもらえました」


ピヨ子は今まで見せたことのないような満足げな表情を見せた。

「そうか、それはよかった」

ピヨ子の笑顔を見て、クマ太郎は思った。

「きっと社内には、お客様や社員の幸せにつながらないけど惰性で続けてきた作業がまだまだあるはずだ。

それらをなくして、お客様と社員の幸せにつながる仕事に時間と労力を振り向ければ、会社の利益になるだけでなく社員自身の満足度も高まる」

クマ太郎は自分の考えに自信をもちはじめた。

次に手をつけたのは、広告宣伝費だった。

クマの湯ホテル＆リゾートは、かつて広告戦略が奏功して売上が倍増したことがあった。当時の温泉としては珍しく、女性誌とタイアップして広告記事を載せたのだ。そのアイディアを考えたのが現在の広報部長だ。

その成功体験から、広報部は歴史的に強い権限をもっており、ここ数年コスト削減を進めるなかでも広告宣伝費には手をつけられずにいた。

しかしクマ太郎には、お客様の幸せと広告宣伝費には直接の関係はないように思えた。

お客様アンケートを見ても、当ホテルを選んだ理由として雑誌広告にチェックを入れるお客様は年々減ってきていた。その一方で、ここ一か月のアンケートでは「友人の紹介」や「ブログを見て」という回答が大きく伸びていた。

それならば広告宣伝費にお金を使うよりも、来ていただいたお客様を幸せにするために資金を振り向け、紹介のお客様を増やしていくほうが効果的ではないか。

そう考えたクマ太郎は、思い切って広告宣伝費にもメスを入れることとし、試みとして三か月間広告宣伝をストップすることにした。

当然ながら広報部から大反対が起きた。広報部だけでなく営業部からの反対も大きかった。

「何を考えているんですか！　こんな業績が厳しいときに広告をなくしたら、お客様はみんないなくなってしまいますよ」

本当にそうだろうか。

お客様は広告があるから来てくれるのか？　広告がなくなったら来てくれないのか？

それならクマの湯にはもともと来る価値がなかったってことなんじゃないのか。

「広告をなくしたらお客様が来なくなるという証拠はありますか？」

「そんなことは証明するまでもない。火を見るより明らかだ」

広報部長と二時間にわたり議論したが、結局クマ太郎が納得できる根拠はなかった。

「社員の給料も経費も毎月減らしているのに広告宣伝費だけ変化していません。どうかお願いします」

「社長のあなたがそこまで言うなら仕方がない。でも、売上が激減しても私の責任ではありませんからね。あなたに全責任をとってもらいますよ」

最後は押し切るようにして、クマ太郎は三か月間の広告宣伝ストップを決定した。

「果たして僕の判断は正しかっただろうか」

クマ太郎は不安に駆られたが、心配ばかりしていても仕方がない。削減した広告宣伝費を、露天風呂を改装したり、客室の布団を寝心地のいいものに買い換えたりと、お客様の幸せにつながる投資に振り向けていった。

クマ太郎は客数の推移を見守った。

広告宣伝をストップして最初の一か月は、前年同月と比較して客数が落ち込んだ。それを聞いた広報部長は、ここぞとばかりに文句を浴びせたが、クマ太郎は耳を貸さなかった。

二か月目も客数は芳《かんば》しくなかった。しかし三か月目には客数の回復が顕著になり、前年同月の水準を上回った。

お客様アンケートを見ると、雑誌広告を見て来館されたお客様はゼロに落ち込んだが、それ以上に友人の紹介やブログを見て来館されるお客様が増えていた。

「よかった」

クマ太郎は胸をなでおろした。

多額の広告宣伝費を投じて新しいお客様を開拓するよりも、その資金を来館されたお客様の幸せのために振り向けて口コミを広げるほうが効果的だというクマ太郎の考えは、間違っていなかったのだ。

クマの湯の業績は順調に回復していった。過労で倒れたポチも、体調を快復させ職場に戻ってきていた。

すべてが順調に見えた。

クマ太郎は、ときおり廊下でコン吉とすれ違うと、

「お客様の幸せといっても、自社の利益のためにお客様を利用しているだけじゃないですか。偽善ですよ」

というコン吉の言葉を思い出す。

しかしクマ太郎はもう割り切っていた。

「業績が改善しているのだからいいじゃないか。何か文句あるか」

クマ太郎の手元にはお客様からのアンケートが届く。

好意的な声が増える一方で、

「笑顔がわざとらしい」

「ていねいだけど誠意が感じられない」

「がんばってるのはわかるけど痛々しい」

「総花的で何がしたいのかわからない」

という厳しい声も散見された。

クマ太郎はこれらの声が気にはなったが、好意的な声が増えているのがうれしかったので、深く考えることはしなかった。

ある日、芸能人のニャン子がクマの湯ホテル&リゾートに泊まりに来ることになった。

ニャン子は自分が行ったレストランやホテルの感想をブログに書くことでも有名で、ニャン子が好意的な記事を書いたレストランやホテルはその後予約が殺到していた。

「これはチャンスだ。最高のサービスを提供しよう!」

クマ太郎は社員と知恵を出し合い、入念な準備をして、考えられる限りのサービスをした。社員もがんばってくれた。

しかし、滞在中ニャン子は偉そうに気取ったままで、結局感謝の言葉ひとつもないまま帰ってしまった。

「はぁ」

クマ太郎は正直がっかりした。

こんなにお客様の幸せのためにがんばったのに、感謝の言葉ひとつないなんて。

「何よ、芸能人だからって」

「せっかく一生懸命やったのに」

社員の顔にも悔しさがにじんでいた。

「くそっ！　あんなにがんばったのにどうして感動してくれないんだ？」

クマ太郎の胸中に怒りがこみ上げてきた。

同時に、徒労感を味わっている自分に気がついた。

「何だろう……この徒労感は……？」

また別の日、廊下を歩いているクマ太郎にお客様が話しかけてきた。

「どうなさいましたか、お客様」

「配膳係のプー太さんね。注文を間違えるわ、頼んだ料理を忘れるわ、なんとかならないの？」

「申し訳ございません……プー太には厳しく言っておきます」

またプー太か。

クマ太郎はため息をついた。これで今月に入って三度目だ。

プー太はいつも笑顔で気立てはいいのだが、要領が悪い。

前回のリストラの際にもリストラ候補に含まれていたが、何度退職をほのめかしてもそれに気づかず、結局辞めずに残っていた。

腹を立てたクマ太郎はプー太を呼び出し、厳しく叱りつけた。

「まったく、何度言ったらわかるんだ。お前は本当に使えない奴だな」

「すみません……」

プー太が部屋を去ったあとも、クマ太郎は苛立《いらだ》ちを抑えることができなかった。

クマ太郎が感じた苛立ちは、プー太のどんくささに対してだけのものではない。企業活動の目的は人を幸せにすることだと言いながら、プー太を責めている自分自身に矛盾を感じていたのだ。

その晩、ライバルのベアーリゾートのホームページを何気なく見ていたクマ太郎は驚いた。

クマの湯ホテル＆リゾートで導入し好評を得ていた、県内テーマパーク観光と温泉のパッケージツアーを、ベアーリゾートでも導入していたからだ。

「ベアーめ、なんて奴だ。うちのアイディアを盗むなんて」

クマ太郎は頭に血がのぼり、ベアーリゾートの社長に抗議の電話を入れた。

「どういうことですか？　県内テーマパーク観光と温泉のパッケージツアーはうちがはじめたものですよ！」

「クマ太郎さん、それは言いがかりですよ。当社でも以前から同じアイディアを検討していた。導入したのは御社が先かもしれないが、これはうちの独自のアイディアです」

アイディアは特許で守られているわけではない。悔しいが、これ以上議論しても水掛け論にしかならないことは明らかだった。

クマ太郎は、何かが違うと感じていた。

たしかに、数年前と比べれば雲泥の差だ。

利益は出ているし、社員も元気になったし、お客様に喜んでもらえるのはうれしい。以前は仕事でうれしいなんて感情をもったことがなかったのだから、ものすごい変化だ。

でも、お客様が感動してくれなかったり、社員が期待したとおりに働いてくれなかったり、同業他社がサービスを真似したりすると、怒りの感情がわいてくる。

そんな自分が嫌だった。

業績が改善すれば、毎日楽しく経営ができるようになると思っていた。実際には、業績がよくなるほど、思いどおりにいかない現状に対して不満が生まれてくる。

「何かまだ、もう一歩上のレベルがあるような気がする……」

しかしクマ太郎は、自分のなかの違和感を深く追求する余裕がないまま、日々の仕事に忙殺されていった。

# 第四章 本当に大切なこと

クマの湯ホテル&リゾートの業績は順調に伸びてきている。資金的にもかなり余裕がでてきた。

クマ太郎は社長室を改装した。高級ソファを置き、有名な画家の絵を飾った。

「うーん、がんばってきた甲斐があった」

クマ太郎は優越感に浸っていた。

ある日、証券会社がたずねてきた。

ライバルのベアーリゾートが業績不振に陥っていて、今が買収のチャンスだという。

聞くところによると、現経営陣と創業者との間で内紛があり、今は経営を退いた創業者一族が、条件次第で保有株式を売却してもいいと話しているとのことだった。

創業者一族の保有比率は六〇%。これを買い取り、金融機関保有分をも買い取れば、三分の二超を取得できる。

資金については証券会社がうまくアレンジしてくれるとのことだ。

ベアーリゾートは、すばらしい眺望を臨める温泉をもっていた。あんなすばらしいロケーションの温泉はほかにない。かねてよりうらやましいと思っていた。

たしかにチャンスだ。

「ベアーリゾートの経営陣は買収に同意しているのですか？」

クマ太郎は証券会社の担当者にたずねた。

「大株主からのオファーです。おそらく経営陣は同意しないでしょう」

「そうか、経営陣は同意していないのか。これは反発があるかもしれないな」

クマ太郎は迷ったが、今こそベアーを打ち負かすチャンスと思い、提案を前向きに検討したいと伝えた。すると証券会社の担当者は、ベアーリゾートの資産を担保に銀行から買収資金を借り入れるＬＢＯとよばれる手法について説明をはじめた。

「これはベアーリゾートの資産を売却するという意味なのですか？」

「収益性が低く御社のビジネスとのシナジーが見込めない資産は売却対象になります」

証券会社の担当者は淡々と答えた。

「わかりました。よろしくお願いします」

「お任せください」

ベアーリゾートの創業者一族と条件交渉していることが明るみに出ると、予想どおりベアーリゾートの経営陣は猛反発した。

クマ太郎はベアー経営陣の説得を試みたが、議論は平行線をたどるだけだった。クマ太郎は説得を断念し、ベアー経営陣の同意を得ないまま、ベアー創業者との売買契約に調印した。

その後、ベアーリゾートの臨時株主総会を開き、経営陣を解任した。

「まったく。素直に説得に応じていれば、取締役として残してやったのに」

ベアーリゾートを傘下におさめ、クマの湯ホテル&リゾートの売上は一気に倍増した。

「これで県内では敵無しだ」

クマ太郎は買収の成功に満足していた。

「あとは隣県のゴリの湯だな」

隣県の「ゴリの湯スパ＆リゾート」は、売上高もお客様人気ランキングもつねに国内上位を占めている。

クマ太郎は何としてもゴリの湯を抜きたかった。今回の買収で売上高はだいぶ近づいたが、人気ランキングでは水を空けられていた。

「どうすれば追い抜けるだろうか」

クマ太郎の頭はゴリの湯に勝つことでいっぱいだった。

いつしか、利益はお客様の幸せの対価であることを忘れ、利益を得ることが目的化していた。

買収から二か月が経過したある日、突然、元ベアーリゾートの社員のうち二〇人が一斉に退職した。

報告を受けたクマ太郎はつぶやいた。

「そうか、辞めたか」

集団退職には驚いたが、クマ太郎は内心ほっとした。

ベアーの給与水準はクマの湯ホテルよりも高く、元ベアーの社員はコスト圧迫要因になっていたのだ。

「不足分はアルバイトを雇おう。これで人件費はだいぶ削減できるぞ」

クマ太郎は、知らず知らずのうちに、社員をコストとして捉えるようになっていた。業績が順調に伸びていたことで、大切なことを見失いつつあった。

そんなとき、事件は起きた。

「ジリリジリリジリ」

クマの湯ホテル内の火災警報器がけたたましく鳴った。火災が発生したのだ。

ちょうど晴天が続いて空気が乾燥し、風が強く吹いていた。火は瞬く間に広まった。

クマ太郎が外出先から駆けつけたときには、一面火の海だった。もうなす術《すべ》がない。

「逃げ遅れた者はいないか?」

ちょうどチェックアウト後の時間帯だ。お客様はほとんど残っていないはずだ。

何とか全員無事であってほしい。クマ太郎は祈った。

「大変です! お子様が一人、ロビーに残されています!」

「なんだって!?」

母親とおぼしき女性が、クマ太郎にすがるように言った。

「お願いです、娘を助けてください!」

もちろんできることなら助けたいが、ホテルの入り口は炎に包まれている。この状態ではどうしようもない。クマ太郎は狼狽《ろうばい》しながら叫んだ。

「消防車はまだか!?」

そのとき、火のなかに飛び込んでいく小さな影があった。

「プー太！」

なんと、いつも失敗ばかりしているプー太が、燃え盛る炎のなかに突っ込んでいったのだ。

どう見ても自殺行為だ。あんな炎のなかに入っていくなんて。

プー太が炎のなかに入っていってから、どれくらいの時間が経っただろうか。

クマ太郎には一分が一時間のようにも感じられた。

「頼む、無事で戻って来てくれ」

一同が固唾《かたず》をのんで見守った。

もうダメか？

そう思った次の瞬間、歓声があがった。

プー太が子供を抱きかかえて出てきたのだ。

「プー太、大丈夫か!?」

「お子様は無事です……」

そう言い残すと、プー太は意識を失った。

「プー太!!」

見ると背中から大量の血が流れている。子供をかばったのだろうか。

ようやく消防車と救急車が到着した。

「しっかりしろ!」

クマ太郎は一緒に病院まで付いていきたかったが、社長として現場を離れるわけにはいかない。秘書のタマに救急車に乗り込むように指示を出した。

プー太と子供はすぐに救急車で運ばれた。

子供の意識はあった。きっと子供は大丈夫だろう。

しかしプー太は大丈夫だろうか。

クマ太郎はプー太の無事を祈った。


消防車が懸命に消火活動を進めてくれたおかげで、だいぶ火は収まってきた。

クマ太郎は、改めて全員の無事を確認すると、急いで病院に向かった。

「頼む、無事であってくれ」

病院に着くと、病室の入り口に秘書のタマが座っていた。

「どうだ容態は？」

「お子様は無事でしたが、プー太さんはまだ意識を取り戻していません」

「プー太……」

うろたえるクマ太郎に、女性の看護師が声をかけた。

「社長様ですか？」

「そうですが……」

看護師は涙目になっていた。

「プー太さんが、こん睡状態のときに、うわごとのように言っていました。それをどうしてもお伝えしたくて」

プー太が？　いったい何を言っていたのか？

「看護師さん、ぜひ聞かせてください」

「プー太さん、意識がもうろうとするなかで『社長、お客様は無事でした』っておっしゃっていました。

本当にすばらしい社員さんですね」

クマ太郎はそれを聞いてうなだれた。

「プー太……」

何とか意識を取り戻してほしい。

クマ太郎は、「お前は使えない」などと言ってしまったことを心底後悔していた。

「僕はプー太を、単に使えるかどうか、利益に貢献しているかどうかだけで見ていた。こんなすばらしい心の持ち主であることに、まったく目を向けていなかったんだ」

クマ太郎は心から願った。

「頼む、目をさましてくれ。もしこのまま意識を取り戻さなかったら、二度と謝ることができないじゃないか」

数時間が経過しても、プー太の意識が戻ることはなかった。

しかしいつまでも病院にいるわけにはいかない。ホテルに戻らなくては。

クマ太郎が戻ると、ホテルはほぼ全焼だった。

黒焦げになったホテルを前に、クマ太郎は呆然と立ち尽くした。

クマの湯ホテルは、クマ太郎が生まれ育った場所でもある。それがほとんど全焼してしまった。

プー太のこともあって、クマ太郎は何も考えることができなかった。

「すべてを失ってしまった……」

いったいなぜこんなことが起きたんだ？

なぜ僕がこんな目に遭わないといけないんだ？

今まで僕が築き上げてきたものは何だったんだ？


そんな思いが去来していた。


「もうダメだ。もう立ち直れない」

クマ太郎は茫然自失としていた。


そのとき、携帯が鳴った。病院にいる秘書のタマからだった。


「プー太さんが意識を取り戻しました！」

「本当か！」

クマ太郎は急いで病院に向かった。

病室に入ると、全身を包帯で巻かれたプー太が寝ていた。

クマ太郎はベッドに駆け寄った。


「プー太、無事でよかった。

でもどうしてあんな無茶をしたんだ?」


「よくわからないけど、身体《からだ》が勝手に動いたんです」

プー太は、か細い声で言った。


「とにかく、本当に無事でよかった。それから……」

クマ太郎は、プー太の手を握って言った。

「あんなひどいことを言ってすまなかった」

「いえ、僕は社長に感謝しています」

感謝している？

あんなひどいことを言ったのに、いったいなぜ？

クマ太郎が真意を理解できないでいると、プー太が言った。

「僕が何度ミスをしても、ずっと見守って叱ってくれたじゃないですか」

そう言うと、プー太は笑顔のまま眠ってしまった。

目を閉じたときは一瞬ひやっとしたが、いびきをかきはじめたので安心した。


「本当に無事でよかった」

病院の待合室に座りながら、クマ太郎は天に感謝したくなった。


しかしクマ太郎は、すぐに現実に引き戻された。

何しろホテルが全焼してしまったのだ。買収したベアーリゾートが残っているので収入が途絶えるわけではないが、果たして今後やっていけるのか？

　クマ太郎にはまったく自信がなかった。どうすればいいのか途方にくれていた。

　そんなとき、ポチが病院をたずねてきた。

　ポチは、落ち込んでいるクマ太郎に対して言った。

「社長、よかったじゃないですか」

　よかった？　何を言っているんだ？

　クマ太郎は、ポチの言っていることが理解できなかった。

　怪訝そうな顔をしているクマ太郎に、ポチは言った。

「プー太君が意識を取り戻して、社員も全員無事だったんですから。社員が無事なら、いくらでもやり直すことはできますよ。なんて言ったって、あの一文無しのどん底から立ち直ったんですから」

たしかに、火事によるホテル焼失は大変なダメージだが、倒産の危機にあえいでいた頃のどん底よりは、はるかにましかもしれない。

「そうだな。君の言うとおりだ」

クマ太郎の顔に生気が戻った。

「よし、やろう！」

翌日、クマ太郎はベアーリゾートのホールに社員を集めた。

「ホテルが焼失してしまったのは残念だが、全員無事で本当によかった。みんなでクマの湯を再建しよう！」

クマ太郎の号令のもと、ホテル再建プロジェクトがスタートした。

ホテルを建て直すためには資金が必要だ。クマ太郎は数年前を思い出して憂鬱な気分になった。

「また資金集めに金融機関を駆けずり回るのか」

しかし実際に銀行をたずねてみると、利益の出る体質になっていたクマの湯ホテル&リゾートに対して、ぜひ資金を貸し出したいという銀行ばかりだった。火災保険による補てんもあり、十分な建築資金を確保することができた。

半年後、新ホテルが完成した。

クマ太郎は、新クマの湯ホテルのホールに全社員を集めた。

「みんなのおかげで、今日、新生クマの湯ホテルとして新しいスタートを切ることができた。どうもありがとう。みんな、本当によくやってくれた」

クマ太郎は社員たちをねぎらった。

「よし、大浴場に温泉を注ごう!」

完成したばかりのきれいな大浴場に、勢いよくお湯が溜まっていった。

それを見て、クマ太郎は涙が出そうになった。

「こうやって温泉にお湯がくめるだけでも、本当にありがたいことだな」

そう思った瞬間、クマ太郎は全身に電流が走るような感覚になった。

「そうか。そうだったんだ。

業績が順調に回復していて、感謝する心をすっかり忘れてしまっていた。傲慢になっていたんだ。

だからプー太にもあんなひどいことを言ってしまった」

クマ太郎は天を仰ぎ、そしてつぶやいた。

「利益を生み出しているのは自分の力だと思っていた。自分一人じゃ何もできないのに」

そう思うと、身の回りのものごとが、急に愛おしく思えてきた。

「温泉が出ることや、電気や水道が使えること、美味しい食材が届くこと。社員が元気で働いてくれること。

それらは決して当たり前のことではないんだ」


当然だと思っていたことが、実は決して当然のことではなかった。

クマ太郎にとって大きな気づきだった。


「たしかに、この火事がなかったら、感謝の気持ちを忘れたまま突っ走っていたかもしれない。

ポチ君の言うように、火事があってよかったのかもしれないな」


それからのクマ太郎は、毎日が感謝の連続になった。

食べるものがあること、着るものがあること、寝る場所があること、ビジネスができること……。

それらがすべて感謝の対象になった。

火事によってすべてを失ったことで、当たり前のことすべてが、本当にありがたく貴重なことのように思えてきたのだ。

「本当にありがたいな……」

クマ太郎は本心からそう思った。

「こんなに自分は恵まれているのに、今までその事実に気づいていなかった。ないものばかりに目を向けて、あるものに感謝してこなかった。ないものよりも、あるもののほうが圧倒的に多いのに……」

クマ太郎は今まで、幸せとは外に求めるものだと思っていた。

だからつねに不満を感じ、より多くを求めようとして、さらに不安になっていった。

しかし幸福は外に求めるものではなく、幸福は自分のなかにあった。幸福の源は身の回りにあふれていて、そこに意識を向け感謝できるかどうかの違いだけだったのだ。

そして、すべてに感謝することで、あらゆるものごとに対する接し方が変わっていった。

まず、お客様に対する接し方が変わった。

ある日のお客様は、先日のニャン子以上に無愛想だった。

こちらが精一杯心をこめて接しているのに、感謝の言葉はもちろん、ニコリともしない。

それどころか、つねに不機嫌そうな顔をして文句まで言う。

「何よ、このホテル。サービスがいいって聞いたからわざわざ遠くから来たのに、全然たいしたことないわね」

以前のクマ太郎なら怒り心頭に発していたかもしれない。

しかし今のクマ太郎にとっては、お客様が来ていただける、それだけで幸せだった。

たとえお客様がこちらのサービスに対して何も感謝してくれなくても、そんなことは気にならなくなった。

来館していただけるだけでありがたい。

こちらのサービスにお客様が感動するかどうかは、こちらがとやかく言うことじゃないんだ。お客様が来てくれるだけで本当にありがたいことだ。


社員に対する接し方も変わった。

それまでは社員を、利益獲得のための手段として捉えていた。

でも今では、社員に対して感謝の気持ちでいっぱいだ。

みんながいてくれなかったら今の自分はない。そう思ったら感謝の感情しかわいてこない。

「みんな、ありがとう。本当にみんなのおかげだ」

感謝でいっぱいになると、社員のみんながもっと気持ちよく働いて、お客様を幸せにして社員自身も幸せになってほしい、と心から思うようになった。

買収したベアーリゾートの元社員たちに対しても感謝をもって接した結果、買収した側、買収された側というつまらない壁は消えていった。

その結果、やる気を失っていた元ベアー社員たちもいきいきと仕事をするようになり、ベアー単体の収益も改善していった。

ミスをする社員に対しても、以前のように怒鳴ることは減っていった。みんな一生懸命にやっている。それだけですばらしいじゃないか。

「もっと早くこのことに気づいていれば、プー太にひどいことを言わずにすんだのに」

クマ太郎は悔やんだが、しかし同時に、プー太に対する感謝の念がこみ上げてきた。

そして、ライバル会社に対する接し方さえも変わった。

サービスを真似されても気にならなくなった。むしろサービスを真似してもらって地域全体が活性化すればいいじゃないか、とさえ思えた。

ベアーリゾートを買収したクマの湯ホテル＆リゾートにとって、県内には競合と呼べるホテルは存在しなかった。しかしそれでは地域の多様性が損なわれる。

クマ太郎は、希望するホテルや旅館に社員を派遣して、ホテル経営のノウハウを伝授することにした。

「クマ太郎さん、アドバイスどうもありがとう」

「おかげで社員もいきいきして、お客様も大満足だったよ」

「うちの旅館ではこんなことをしたらお客様に喜ばれた。ぜひクマの湯さんでも取り入れてみてくださいな」

クマ太郎が自分の知識やノウハウを周囲に分け与えることで、周囲の人たちもお互いに与え合うようになり、地域に活気があふれてきた。

その結果、地域全体への観光客が増加し、クマの湯ホテル＆リゾートの売上も増加していった。

すべてに謙虚に感謝すると、お客様や社員やライバル会社に対してだけでなく、身の回りの環境や、さらには地球環境そのものも感謝の対象になった。

すると、温泉で出すゴミや排水が、自分の問題として気になるようになった。

こんなありがたい環境に負荷を与えていないだろうか？　本心からそう思うようになったのだ。

クマの湯でも以前から環境問題には取り組んでいた。なるべく再生紙を使ったり、ゴミもきちんと分別するようにしていた。

しかしそれは、一種の義務感からだった。だから環境を守るコストとメリットを比較し、自分たちにとって直接的なメリットのない環境保護活動はつい後回しになっていた。

でもそうじゃない。身の回りのすべてに感謝し、ビジネスをさせていただいているという発想になり、自分たちが大自然のなかの一員だと思えば、環境問題は自分の問題になる。

環境を破壊するのは自分を破壊することなんだ。

そう思うと、環境を守るための活動がまったく苦にならなくなった。その結果、無駄なエネルギーを使わなくなって光熱費が減少し、リサイクル率は向上し、ゴミの廃棄コストも大きく減少した。

クマ太郎は、周囲の変化の大きさに驚いていた。

実は周囲が変わったのではなく、クマ太郎の心のあり方が変わっただけだった。

それも大きく変えたわけではない。ただ感謝するようにしただけだ。

たったそれだけの変化で、ものの見え方はまったく変わる。

以前は、お客様を幸せにすると言いながら、実際にはお客様を利益獲得の手段として見ていた。自社の利益になるからお客様を幸せにしようとしていた。

だから、お客様が想定どおりに感動してくれないと、怒りの感情がわいてしまったのだ。

社員に対してもそうだ。

社員を幸せにすると言いながら、実際には社員も利益獲得の手段として見ていた。社員を幸せにすればモチベーションが上がって、より利益に貢献してくれるだろうという発想しかなかった。

だから働きの悪いプー太に対して苛立ってしまったのだ。

でもすべてに感謝するようになると、考え方が一八〇度変わった。

自社の利益のために無理してお客様や社員を幸せにするのではなくて、感謝している相手に対して何かを与えたい、という発想になった。

無理して相手を幸せにするのではなく、感謝の心をベースにして、自然に相手に与えたいと思う。

だから、相手が期待どおりに反応してくれなくても、まったく気にならなくなったのだ。

「感謝することってすばらしいな」

クマ太郎はしみじみと思った。

子供の頃から「何事にも感謝しなさい」って言われてきたけど、感謝にこんなすごい力があるなんて知らなかった。

「よし、これからはすべてのことに感謝するぞ。

そうすればきっとビジネスはもっとうまくいくはずだし、毎日楽しくビジネスができるはずだ！」

すべてに感謝すれば、無理しなくても自然に社員もお客様も幸せにできる。そうすればお客様の幸せの対価である利益も増える。

実際に、感謝の心をもってビジネスをしているときは、本当にすべてがうまく回っている。

「僕が目指す理想のビジネスを実現するためには、すべてのことに感謝すればいいんだ」

そう確信したクマ太郎は、つねに感謝の心を忘れないことを心に誓った。

しかし、その誓いはすぐに破られてしまう。

翌日、旅行雑誌の編集者が取材に来た。

その旅行雑誌では、先月ゴリの湯の特集を組んでいた。ゴリの湯に何とか追いつき追い越したいクマ太郎は、いい記事を書いてもらうため、取材でクマの湯のよさをアピールしたかった。

その大事な取材のときに、プー太の代わりに配膳係をしていたプー助がミスをした。

「プー助！　まったくお前は、この大事なときに何をやってるんだ！」

語気を荒げたあと、クマ太郎ははっとした。

プー太を罵倒したことをあれだけ後悔し、社員に対して感謝の心で接しようと誓ったクマ太郎だったが、結局プー助に怒りをぶつけてしまった。

プー助に悪気がないのはわかっている。プー助も慣れない仕事を一生懸命にやってくれている。今回は取材で緊張してミスをしてしまっただけに過ぎない。

プー助には感謝すべきだし、怒りをぶつけても何もいいことはない。叱るのと怒るのとは別のことだ。社長として社員を叱ることは必要だが、感情的に怒りをぶちまけてはならない。

それは頭ではわかっているのに、クマ太郎は苛立ちを抑えられないのだ。

雑誌記者の表情が曇っているのを見て、クマ太郎は焦った。

「何とかして挽回しなければ」

しかしクマ太郎の焦りが伝染したのか、ほかの社員まで緊張してミスをしてしまった。

クマ太郎はますますイライラして壁を蹴った。

「くそっ！　どうしていつもどおりにやらないんだ！」

結局いいところを見せることができないまま、雑誌記者は帰っていった。

「はぁ、何てことだ」

クマ太郎は自分が嫌になった。

雑誌記者にクマの湯をアピールできなかったことだけではない。

せっかく感謝の大切さに気づいたのに、すぐに感謝の心を忘れてしまう自分の弱さにも腹が立つのだ。

「頭では理解しているのに、どうして実際の行動は別のものになってしまうんだろう……」

クマ太郎は、頭で理解していることと実際の行動とが一致していないことがもどかしかった。

「どうしたら感謝の気持ちを忘れないでいられるんだろう。それができれば、もっとビジネスはうまくいくはずなのに」

ある日、退院して自宅療養していたプー太が、久しぶりに出社してきた。

「プー太、久しぶりだな」

「もう傷は大丈夫なのか？」

「また一緒にがんばろうな」

みんなが口々に声をかけた。

プー太はいつもと変わらない笑顔だった。その笑顔がクマ太郎にはまぶしかった。


プー太はクマ太郎の前に来て言った。

「ご迷惑をおかけしました。今日からまたがんばります」

クマ太郎は病室での会話を思い出し、目頭が熱くなった。

「プー太、よく戻ってきてくれた。ありがとう」

「こちらこそ、本当にありがとうございました」

クマ太郎は、プー太の笑顔がうらやましかった。

自分が追い求めているもの。

それはつねに笑顔で感謝の心を忘れないことだ。

その追い求めているものを、プー太はすでにもっているような気がした。


クマ太郎はプー太と話をしたくなった。

「プー太、ちょっと社長室に来てくれるかな」


社長室に入ってきたプー太に、クマ太郎は頭を下げて言った。

「プー太、本当にすまなかった。そして心から感謝している。命を懸けてお客様を救ってくれたことに対してだけじゃない。プー太のおかげで、いろいろと大切なことを気づかされた。

本当にありがとう」


「そんな……ありがとうございます」

プー太は照れくさそうに笑った。

クマ太郎は、思い切って聞いてみることにした。

「どうして君はいつもそんなに笑顔でいられるんだ？

どうしてひどいことを言った僕に対しても、そんなに感謝してくれるんだ？」

プー太は突然の質問にとまどいながらも、少し考えてから言った。

「実は僕、学生の頃に大病を患って、一度死にかけたんです。お医者様もあきらめていたんですが、奇跡的に助かりました。

僕は皆さんのおかげで生かされているんです。

そう思ったら、生きていられるだけで本当に幸せだし、働けるだけで幸せなんです」

「生きていられるだけで幸せ……」

クマ太郎は、プー太の言葉を反芻した。

その瞬間、クマ太郎は、再築したホテルの大浴場にお湯をはったときの感覚を思い出した。

あのときも、温泉が出ただけでうれしかった。

当たり前のことが決して当たり前ではない。生きていられることさえも感謝の対象になるんだ。

「本当にプー太には学ばされるな」

クマ太郎はつぶやいた。

プー太のよさを活かしてやりたい。配膳係もいいが、もっとプー太のよさを活かした仕事があるんじゃないだろうか。

「プー太、せっかく復帰してくれたことだし、これを機会に別の仕事もしてみないか。何かホテル内でやってみたい仕事はあるか？」

「えっ、でも、えーと、あの……」

プー太は躊躇しているようだ。

「遠慮しないで言ってくれ」

クマ太郎が促すと、プー太は申し訳なさそうに言った。

「実は、身のほど知らずなのはわかっていますけど、前からバトラーをしてみたかったんです」

「バトラーか」

クマ太郎は内心当惑した。

バトラーは、露天風呂付個室やスイートルームのお客様の要望を何でもお聞きする、ホテルのなかでも花形の仕事だ。

あんなにミスばかりするプー太に、そんな大切な仕事を任せてしまって大丈夫だろうか。

でも、できれば要望に応えてやりたい。

「ごめんなさい！　僕なんかムリですよね。忘れてください」

プー太はクマ太郎の気持ちを察したのか、慌てて打ち消した。

「いや、ムリじゃない。ちょっと考えさせてくれないか」

プー太が社長室を去ったあと、クマ太郎は考え続けた。

プー太にバトラーを任せるかどうか？

それだけではない。プー太との会話のなかでクマ太郎は色々な気づきを得ることができた。

クマ太郎は考えを整理したくなって、ホテルの庭に出た。

「プー太と僕と、どちらが幸せといえるだろうか」

クマ太郎はつぶやいた。

プー太はつねに感謝の心をもって幸せそうに生きている。

僕はプー太のようにつねに感謝の心をもち続けたいと思いつつ、つい日常のなかで感謝を忘れてしまう。

プー太と僕の違いは何なのか？

経営者と社員という立場の違いだろうか。それだけではない気がする。

「その違いをもたらしている原因に気づけば、もっと幸せに、楽しくビジネスができるんじゃないか」

そう思いながら、クマ太郎はホテルの庭を見つめていた。

# 第五章

# ビジネスにおける真理

「どうすればプー太のように、つねに感謝の心をもち続けられるのだろうか」

クマ太郎は考えながら庭を歩いていた。

気がつくと陽は傾き、夕日が空を真っ赤に染めた。今日は特にすばらしい夕日だ。

その夕日が、クマの湯ホテルを取り囲む雄大な自然を照らしている。

元気に枝を伸ばしている木々や、色とりどりの草花、鳥のさえずり、虫の声、すべてが美しく調和している。

「なんてすばらしいんだ」

クマ太郎は、大自然に対して感謝せずにはいられなかった。

「すごいな、自然は。何もしなくても調和している。木々も草花も鳥も虫も、みんながそれぞれのよさを活かして、全体として調和しているんだ」

そう思うとクマ太郎は、自分たちがビジネスで競争したり、他者と比較して一喜一憂したりすることが、ひどくおかしなことのように思えてきた。

「自然は競ったり比較したりしない。どうして僕たちは競ったり比較したりするんだろう」

その瞬間、クマ太郎の頭にプー太の顔が浮かんだ。

「ひょっとして、プー太と僕の違いはそこにあるのかもしれない。プー太は、誰かと競ったり比較したりしない。だからつねに感謝の心をもち続けることができる。

それに対して僕は、ゴリの湯に負けたくないと思うから、無駄に焦ったり怒ったりしてしまうんじゃないか」

**クマ太郎は、自分の内面が理解できた気がした。**

「問題はゴリの湯だけじゃない。

ゴリの湯に負けたくないのは、突き詰めていえば、ビジネススクールの仲間に負けたくないからだ。金融機関やベンチャーに行った友人たちよりも、自分のほうが成功した人生を歩んでいることを示したいから、ゴリの湯に勝とうとしてしまうんだ。

だから思いどおりにいかないと、現状に不満をもち、焦燥感に駆られ、感謝を忘れ、人を傷つけ自分も傷ついて、幸せから遠ざかってしまうんだ」

**他者と競ったり比較したりすることから自由になれば、すべてに感謝の心をもって幸せに生きることができる。**

クマ太郎はそのことを大自然から学んだ。

「でも……」

クマ太郎は、真理に気づいていながら、それを素直に受け容れることができなかった。

ずっと競争社会にいたクマ太郎にとって、競争しないという考え方には、身体が拒絶反応を示してしまうのだ。

がんばってMBAを取得したのも、人生の成功者になりたかったからだ。

クマの湯を日本でトップのリゾートホテルにして、世界に打って出たい。

リゾートホテル業界で第一人者になって、テレビの取材を受けて、有名人になりたい。

お金持ちになって、豪邸に住んで、みんなからちやほやされたい。

そんな夢を描いていたクマ太郎にとって、競争しないことは逃げることと同じじゃないかと本能的に感じてしまうのだ。

「競わないほうが幸せになれるのはわかっている。でも逃げるのはイヤだ……」

クマ太郎は、新しく気づいた真理と今までの価値観との間の葛藤を感じていた。

そんなとき、心地いいそよ風が吹いた。

夕日がますます紅くなり、辺りは幻想的な雰囲気になった。

「すばらしいな……」

クマ太郎は深い幸福感を味わっていた。

その瞬間、クマ太郎は重大なことに気づいた。

「こんなに深い幸福感を味わうのに、今お金が必要だったろうか？　いや、一円もかかっていない。

本当の幸福を味わうのに、お金は必要ではないんじゃないか」

クマ太郎は今までの価値観が大きく崩れていくのを感じた。

「僕は本当に成功したいのか？
成功することそのものが目的なんじゃなくて、自分や自分の大切な人たちが幸せになることが目的なんじゃないのか？
成功すれば幸せになれると思っていたけど、金融機関で高収入を得ているトラ助を見ればわかるように、成功は幸せの条件じゃない。むしろ逆に、成功を目指して競争すれば、感謝の心を忘れ、幸せから遠ざかる。
だったら成功を目指す必要なんてないじゃないか」

そう思った瞬間、クマ太郎の肩の力がすっと抜けた。

夕日に照らされて、木々や草花、鳥や虫、すべてが輝いて見えた。

「自然は、互いに競ったり比較したりしないで、それぞれに美しい」
クマ太郎は、自分が自然と一体化していくような、不思議な感覚を覚えた。

「そうか、僕らも、他者と競ったり比較したりするんじゃなくて、自分がよりすばらしい心をもてるように、自分が成長していけばそれでいいんだ」

クマ太郎は、他者と競争しないというのは、逃げているのではないことに気づいた。

他者と比較するのではなく、つねに昨日の自分に克つように努力し続ける。

むしろ他者に勝つよりも、自分に克つことのほうが難しいかもしれない。

他者に勝っても、一時的な優越感を得られるだけで、相手との間に感情的なしこりや恨みが生じてしまう。

自分に克てば、誰かを傷つけることはないし、みんなが自分に克つことを目指せばみんなが輝ける。

その真理に気づいたとき、クマ太郎は競争の呪縛から自由になった。

気づくと、辺りは暗くなっていた。

もう一時間以上、一人で考えていただろうか。しかし今日はもう少し思考に耽《ふけ》っていたい。

クマ太郎はもうひとつ、答えを出す必要のある問題があった。

プー太にバトラーを任せるかどうかだ。

「プー太はたしかにすばらしい心の持ち主だが、大事なお客様の前でミスを連発したりしないだろうか……」

そう思って空を見上げると、月が辺りを明るく照らしていた。

「きれいな半月だな」

月を見ながら、クマ太郎はふと、昔聞いた話を思い出した。

たしか「物事にはすべて陰と陽の二面がある」という話だった。

「今日の月はちょうど陰と陽みたいだな」

クマ太郎はそんな風に考えていた。

「今見えている月の半面は、太陽が照らしている部分だ。でも半月後には、反対側が照らされる。そうすると、陰だった部分が陽になって、陽だった部分が陰になるのか。

そうか。陰と陽は、どちらから光を当てるかの違いなんだな」

クマ太郎は、なんだか自分が妙に格調高いことを考えているような気がして、ちょっと気恥ずかしくなった。

「陰と陽か……」

ふと、クマ太郎は思った。

「物事にはすべて陰と陽の二面があって、陰陽が光の当て方の違いに過ぎないというのは、ひょっとしたら僕たち自身にも当てはまるんじゃないか」

**クマ太郎の頭に浮かんだのは、プー太のことだった。**

「プー太も、配膳係でミスを連発したのは、もともとゆっくりていねいに仕事をするタイプだったからだ。それなのに、配膳係でスピードに追われていたから、ミスを連発してしまったんだ。

のろまでどんくさいと思っていたけど、それは別の角度から光を当てれば、ゆっくりていねいに仕事をするということだ。

欠点も別の見方をすれば長所になるのかもしれない」

**クマ太郎は、ものごとの陰陽が自分たちにも当てはまることがわかって、うれしくなった。**

「それなら、たとえばプー太をシニアのお客様専門のバトラーにしたらどうだろうか。ゆっくりとしたていねいな仕事は、きっとシニアのお客様に受け容れられるはずだ」

別の角度から光を当てれば、プー太だけではなくすべての社員の欠点が長所になる。

クマ太郎は大切な真理に気づいた。

クマ太郎はさっそく、プー太にシニアのお客様専門のバトラーを任命した。

シニアのお客様担当になって、プー太は水を得た魚のようにいきいきとしだした。ゆっくりとしたていねいな仕事ぶりが、お客様の心をつかんだのだ。

プー太は目覚しい成長を見せた。

「今度の宿泊、プー太さんにバトラーになってほしいのだけど」

プー太を指名するお客様も増えはじめた。

かつてミスばかりしていたプー太は、今やクマの湯ホテル＆リゾートを代表する顔になった。

プー太だけではない。社員一人ひとりのよさを活かした仕事を任せることで、パフォーマンスは劇的に改善していった。

クマ太郎は、今までつい社員の欠点に目が行ってしまっていた。しかし、誰にだって欠点はある。その欠点も、見方を変えれば長所になるんだ。

このことに気づいたのは、プー太に感謝したからこそだ。

「そうか。一面しか見ていなかったから、社員のよさを引き出すことができていなかったんだ。

感謝することでいい面が見えるようになった。これってすばらしいことだな」

社員だけではない。

すべての出来事、失敗や挫折など、一見すると悪い出来事であっても、すべてその裏にいい面があるように感じた。

「失敗を失敗として捉えると、つらいだけだ。でも、倒産の危機に瀕したおかげで経営の本質に気づき、火事のおかげで感謝の大切さに気づいたように、失敗は、大切なことを学び成長するためのチャンスだ。

本当にすべてのことには二面があるんだな」

物事にはすべて二面があると捉え、すべてに感謝することで、あらゆることがうまく回りはじめた。

相変わらずクレームを言うお客様はいる。こちらがどれだけ心をこめて接しても、まるで最初からクレームを言うことが目的であるかのように、理不尽なことを言ってくるお客様もいる。

しかしそれすらも、まったく気にならなくなった。

クレームという嫌なことにも、その裏にはすばらしい面がある。クレームしていただけることによって、問題点が明らかになるからだ。クレームを表面的に捉えると辛いだけだが、別の角度から見ればすばらしい面があることに気がついた。

ものごとを二面から捉えて感謝することで、理不尽なクレームからさえも学びを見つけ、さらにサービスを洗練することができた。
すべてが学びの機会になったのだ。

そしてもっと本質的な変化は、自分を許せるようになったことだ。
リーダーシップについてビジネススクールで学んでいたクマ太郎は、リーダーはもっと人格者でなければならないという思いが強く、そうでない自分を好きになれなかった。

しかし、競ったり比較したりする発想から自由になり、すべてに二面があると捉えるようになった今では、すべてをあるがままに受け容れることができる。

「人はみんな、ありのままで十分すばらしいんだ」
クマ太郎は心からそう思った。

今でも怒りの感情を抱いたり、感謝の心を忘れてしまうこともある。でも怒りの感情を抱いてしまう自分、感謝の心を忘れてしまう自分さえも、素直に受け容れることができるようになった。

これは、努力しなくていいというい加減な気持ちとは違った。つねに自分に克ち、成長するために日々努力する。でも完全でなくていい。弱い自分、挫折してしまう自分も素直に受け容れる。そうすれば他者への優しさも生まれる。

クマ太郎の顔つきも一変した。以前のような厳しさが消え、表情が柔らかく温かくなった。

クマ太郎は幸せでたまらなくなった。

「この幸福を分かち合いたい」

こんな感情ははじめてだった。

以前の幸福感は、自分だけのものだった。でもそれは本当の幸福ではなかった。

自分ひとりの幸福感よりも、分かち合うことで得られる幸福感のほうがはるかに大きいことに気がついた。

人は本当に幸せになると、周りに幸せを分け与えたくなるんだ。


この感情は、愛としか表現できないものだった。


クマ太郎は、愛という言葉を出すのは、正直ちょっと照れくさかった。経営者として堂々と愛を語ることには抵抗感もあった。

しかしこの、あふれ出る幸福感を分かち合い、無理なく自然に心から相手の幸せを願うという感覚はまさに愛にほかならない。

クマ太郎の言動ひとつひとつに、愛があふれるようになった。

自分の幸福感を、あふれ出るままに他者に分け与えていくような感覚になったのだ。

そんな幸せそうなクマ太郎を見て、社員も変わった。

クマ太郎があまりに幸せそうなので、社員みんなが、クマ太郎社長のようになりたいと本気で思うようになったのだ。

もはや人事評価でコントロールする必要はなかった。クマ太郎が自ら手本となったことで、社員は自分から変わろうとしたのだ。

もう誰も、お客様を利益獲得の手段とは見ないようになった。みんなが自然に心からお客様の幸せを考えるようになった。

それは、マナー講座で習った礼儀作法をマニュアルどおりにするのではなく、無理やりサプライズでお客様を幸せにするものでもない。社員自らあふれ出る幸福感をお客様と分かち合うような感覚だった。

だからお客様も快適だった。心地よい幸福感を味わっていただくことができたのだ。

アンケート結果も、

「さりげないサービスが心地よかった」

「本当に客のことを考えてくれている気がした」

「社員の皆さんが本当に幸せそうで、こちらまで幸せになった」

という声が寄せられるようになった。

リピーター率は跳ね上がり、口コミが口コミを呼び、三か月先まで予約が一杯になった。

「社長は本気でお客様の幸せを考えているんですか?」

今ならあのときのコン吉の問いに答えられる。

かつては、自分の利益のためにお客様を利用していたから、自分も本当に幸せではなかった。だから偽善と言われても仕方がなかった。

でも今のように、自分がまず幸せになれば、お客様を利用しようなんて気にはならない。まったく無理なく自然のままに、自分の幸せを分け与えたくなる。

そう思っていると、「失礼します」との声がした。

コン吉だった。

「おお、コン吉か。どうしたんだ?」

ちょうどコン吉のことを考えていたところだったので驚いたが、クマ太郎はそれを悟られないようにたずねた。

コン吉は、どぎまぎしながら言った。

「もうだいぶ前、火事の前のことだから、社長は覚えていないかもしれませんが……」

少しの間を置いて、コン吉は頭を下げて言った。

「僕は社長に対して、偽善だなんて、大変失礼なことを言ってしまいました。

本当にすみませんでした……」

コン吉も、自分で言ったことをずっと気にしてくれていたのか。
そう思うとクマ太郎はうれしくなった。

「正直、社長がムりして笑顔を作ったり、お客様の幸せって言ってたとき、僕は社長のことをバカにしていました。
でも今の社長は本当に幸せそうで、ひねくれた見方をしていた自分が恥ずかしくなりました」

「コン吉……」

コン吉は、少し伏し目がちなまま言った。
「どうしたら社長みたいに、きらきらと輝けるんですか？」

クマ太郎はこみ上げてくるものを抑えられなかった。

どれだけ口で説明してもつねに冷ややかな態度を崩さなかったコン吉が、自分みたいになりたいと言ってくれるなんて。

クマ太郎が言葉ではなく、行動で、生き様で示したことで、コン吉はクマ太郎を心から尊敬するようになったのだ。

「コン吉、ありがとう……」

そしてクマ太郎は、コン吉に自分の気づきを伝えた。

自分たちは生きているだけで幸せであること、すべてが感謝の対象になること、競ったり比較したりすることから自由になることでつねに感謝の心をもてること、ものごとにはつねに二面があり、感謝することでいい面が見えること、そして自分自身を幸福で満たし、相手の幸福を願う愛がもっとも大切であること。

クマ太郎は、すごく高尚なことを言っている自分に気づいて、照れくさくなった。

同時に、こんな言葉が自然に出てくる自分に驚いていた。借り物の言葉ではなく、クマ太郎が自分で悩み気づいたことだからこそ、その言葉にはクマ太郎の想いがこめられていた。

こんなことは理屈で説明しても、決して理解してくれなかっただろう。

しかしクマ太郎が自ら実践し、自ら幸福に包まれたことで、コン吉は真剣に聞いてくれたのだ。

「僕も社長みたいになれるでしょうか」

「もちろんだよ。

僕に特別な能力があったわけじゃない。すべての人が愛をもって生きることができるんだ」

クマ太郎はそう言って、コン吉の手を握った。コン吉も、しっかりとクマ太郎の手を握り返した。

もうひとつ、クマ太郎はずっと気になっていた点があった。

以前ブレインストーミングをした際に、たくさんのアイディアのなかからどれを選ぶかの基準をもっていなかったことだ。

クマ太郎は、自分たちのアイデンティティが確立されていないと思った。

そこでクマ太郎は、思い切ってホテルを一日休館にし、全社員をホールに集めた。時間をかけて、もっと本質的なところから議論したかったのだ。

自分たちは何をしたいのか、自分たちにしかできないことは何か、自分たちは何のために生まれてきたのか、自分たちは何者なのか。

それは単にアイディアを出し合うブレインストーミングとは違い、もっと内面を見つめる深い作業だった。

しかし丸一日本気で議論した結果、より深いところでわかり合えるようになった。

自分たちは、温泉リゾートというサービスを提供するのではなく、温泉リゾートを通じて人を幸せにすることが目的だということ。他社を打ち負かすことを目的にするのではなく、業界トップを目指すのでもなく、まず今あるものに感謝し、お客様を幸せにすること。

それこそがクマの湯の存在意義であることを、全員が腹の底から理解した。

それもただの温泉リゾートではない。「大自然と一体化した、自然の恵みを味わうことのできる温泉」というコンセプトが、自分たちにしかできない独自の価値であることを再認識した。

自分たちのアイデンティティ、それも愛に根ざしたアイデンティティが確立したのだ。

そうすると、サービスはさらに洗練されてきた。

サービスは形ではない。あらかじめ準備しておくものでもない。

その場その場の状況に応じて、自分たちの価値観にもとづいてお客様の幸せを本気で考えた結果、自然と生まれてくるものになった。

その結果、感動的な物語がたくさん生まれるようになった。

車椅子のお客様のために大自然を感じる遊歩道を事前に整備し、外出される際に陰からずっと見守り安全と快適を両立させたスタッフの話。

ご婦人との何気ない会話から旦那様を亡くされたばかりと知り、食事の際に思い出のメニューを特別に作ったシェフと、星空の見えるテラスで遅くまで話に付き合ったギャルソンの話。

父親と息子が互いに遠慮がちなご家族に対して、自然のなかで父親が活躍できるイベントをさりげなく紹介して、帰る頃には見違えるほど仲良くなったお客様の話。

それらはすべて、マニュアルや上司の指示ではなく、社員が自らの意思で動いた結果だった。

そうした物語を社内でシェアし、互いに賞賛しあうことで、社内の雰囲気も見違えるほど明るくなった。みんなが互いに仲間を支援し合うようになったのだ。

さらに驚くことに、すべてに感謝し幸福を分かち合い利益に執着しなくなると、利益が勝手に増えだしたのだ。

目の前の利益にこだわらずに手放し、愛と感謝の心でお客様の幸せを追求したことで、自然と利益が増えていった。

そこでクマ太郎は、利益を適切に管理するために、ビジネススクールで学んだ経営管理手法を取り入れた。

すると、社長就任直後にビジネススクールの手法を取り入れたときには大混乱をきたしただけだったのが、今回は驚くほど有効に機能しはじめた。

どの部署でどれだけの費用や利益が生み出されているか、無駄なコストは発生していないか、価格は適正か、お客様に適切に価値が届いているか、社員のよさが発揮されているか。そうした様々なことが、愛と感謝にもとづく価値創造の観点から、適切に把握できるようになったのだ。

情報もオープンにし、組織も階層をなくして権限を現場に委譲していった。社員を信じて任せきると、社員はさらに輝きだした。

「ビジネススクールで学んだことも、決して無駄ではなかったんだ」

クマ太郎が社長に就任した当初は、はじめから手法を導入しようとして失敗した。

しかしまず愛と感謝があり、愛と感謝によってお客様の幸せを生み出した結果として利益を得るビジネスモデルが確立すると、ビジネススクールで学んだ手法は有効に機能する。

その結果、クマの湯ホテルの利益は着実に伸びていった。

それ以降、不思議なことが次々と起きた。クマ太郎のビジネスにとってプラスの出来事ばかりが起きるのだ。

クマ太郎がホテルを拡張しようと考えただけで有名建築デザイナーから増築の提案があったり、オーガニックレストランを併設しようかなと思っただけで有名料理人の紹介を受けたり、会いたいと思っていたキーパーソンに偶然出会ったり、ということが続いた。

「何か大きな力に助けられているような気分だ。何かこう、天意のようなもの……」

クマ太郎は、もはや自分たちの力だけでは説明できない、大いなる力の存在を感じずにはいられなかった。

「不思議な感覚だ……。

自分が自分が、というときは、実は自由じゃなかった。

でも競う発想から離れ、すべてに感謝し、愛をもってビジネスをさせていただいていると思うと、大きな力の支援を受けてもっと自由になる」

クマ太郎は今まで、大いなる力なんて考えたこともなかった。しかし大いなる力を感じながら生きることで、こんなにも自由に、自然にものごとはうまくいくのか。

クマ太郎は、特定の宗教を信仰しているわけではない。スピリチュアルな世界にもどちらかといえば否定的なイメージをもっていた。スピリチュアルな世界にすがるのは、現実の世界から逃避しているように思えたからだ。

しかし今起きている事象は、とても自分たちの力だけとは思えない。

クマ太郎は、自分たちがいる宇宙とのつながりを感じずにはいられなかった。

半年後、クマの湯ホテルは新しい温泉をオープンした。

木々や草花に囲まれ、夕日が臨める、大自然との一体感を味わえる温泉だ。

「みんな、本当にありがとう。

新しい温泉をオープンできたのも、本当にみんなのおかげだ！」

クマ太郎は、社員たちに囲まれて深い幸福を感じていた。プー太やコン吉も、クマ太郎を温かい眼差しで見つめている。

「みんなで社長を胴上げしよう！」

コン吉が叫んだ。

社員がクマ太郎を取り囲み、胴上げがはじまった。

クマ太郎の身体が二度、三度と宙に舞った。

胴上げされるなんてはじめての経験だ。

「今度はプー太だ！」

「ええっ」

みんながプー太を取り囲んだ。クマ太郎も輪に加わった。

プー太の小さな身体が宙を舞った。本当にうれしそうだ。

社員たちが歓談をはじめた。

クマ太郎は少し離れた場所で、目を閉じていた。

「どうして毎日、こんなにすばらしいことばかりが起きるんだろう。

愛をもってビジネスをしていると、本当にいいことばかりが起きる」


**クマ太郎は感動に包まれていた。**


「どうしてこんなすばらしいことばかり起きるのか。

天の意思と、宇宙とつながっているみたいだ。

でもきっと科学的には説明できないことなんだろうな」


**クマ太郎が考えている間も、新しい温泉にはお湯が注ぎ込まれ続けている。**

**そのお湯が、クマ太郎には天の意思のように思えた。**


「ずっとお湯が流れ続けている。これは地球が生きている証拠だ。

神様がいるのかどうかはわからないけど、何か大きな力が、地球を生かし、僕たちを生かしてくれている。

うまく言えないけど、この地球が、宇宙全体が、愛で満ちあふれているみたいだ」

クマ太郎の目に涙があふれてきた。

「そうか、きっとそうだ。宇宙そのものが愛なんだ。世の中には不条理なこともたくさんあるけど、でも宇宙は僕たちを生かそうとしてくれている。これってすごいことだ。

僕たちがいる宇宙そのもの、大自然そのものが愛だからこそ、愛をもってビジネスをしていると、すばらしいことばかりが起きるんだ」

宇宙そのものが愛だなんて、クマ太郎はそんなことを考えたこともなかった。昔のクマ太郎なら、そんなきれいごとのようなことは受け容れられなかっただろう。でも今は、自然とそんな考えが浮かび、それを素直に受け容れられる。

「ビジネスも人生も、大切なことは、とてもシンプルなのかもしれないな」

クマ太郎は、今まで難しく考えすぎていた。ビジネスも人生も、何か難しい高度な知識を身につけなければうまく行かないと思っていた。

でもそうじゃなかった。

愛と感謝の心でビジネスをすれば、それでよかったのだ。

「社長！　自分ひとりの世界に浸らないでくださいよ！」

コン吉のからかうような声でクマ太郎は我にかえった。

「コン吉、まったく相変わらず口が悪いな」

クマ太郎はそう言いつつも、コン吉の言葉に愛があるのを感じた。

気がつくと、クマ太郎の周りを社員たちが取り囲んでいる。みんな幸せそうな笑顔だ。

クマ太郎は、社員一人ひとりに愛を感じていた。

社員だけでなく、大自然もホテルも温泉も、すべては愛からできていて、すべてはひとつなのかもしれない。

だから愛と感謝をもって接すると、自然につながっていく。そんな不思議な感覚になった。

「すべては愛なんだ。すべてはつながっているんだ……」

クマ太郎はそのことを伝えようとしたが、ちょっと躊躇した。さすがに照れくさいし、うまく伝えられる自信もない。

どうしようかと逡巡《しゅんじゅん》していると、胴上げされて頬を紅潮させていたプー太が口を開いた。

「僕……みんなのことも、お客様も大好きです。本当に大切な、かけがえのない人たちです。

クマの湯でみんなと一緒に働けて、とても幸せです。だからみんなにもっともっと幸せになってもらいたいんです」

「プー太……」

クマ太郎の想いを、プー太が代弁してくれた。

そう。それなんだ。本当にシンプルなことだった。

みんなの幸せを願う気持ち。それが自分の幸せにもなり、会社の利益にもなる。

それが働くことの本当の意味なんだ。

「みんな、本当にありがとう」

クマ太郎はそうつぶやいて、空を見上げた。

「これからももっとたくさん、みんなに幸せなことが起きる気がする……。明日も楽しみだ」

そよ風が優しくクマ太郎を包んだ。

## あとがき

本書は、父親からリゾートホテルの経営を引き継いだクマ太郎が、倒産の危機に瀕しながら、経営において大切なことに気づいて業績を改善させ、さらに社員もお客様も自分自身も深い幸福を味わえるようになるまでの物語です。

現実の世の中では、多くの企業が、昔のクマの湯ホテル＆リゾートと同じ状況にあります。

私も職業柄、企業経営者から経営相談を受けることが多いですが、特に地方では公共事業の削減や少子高齢化など経営環境は大変厳しく、クマ太郎のように資金繰りに駆けずり回っている経営者も数多くいらっしゃいます。

厳しいのは地方の企業だけではありません。

外から見れば順調に伸びている優良企業であっても、投資家から短期の利益を稼ぐよう執拗にプレッシャーをかけられ社員が疲弊してしまったり、他者から奪うことで高額の報酬を手にしてきた人たちが心を貧しくして幸せを感じられなくなったり、という事例が世の中にあふれています。
私も金融機関で働くなかで、その矛盾を強く感じてきました。

物語のなかでクマ太郎が悩んでいたように、みんながんばって利益を追い求めているのに、みんながますます不幸せになっています。何かが根本的におかしいのではないかと多くの人たちが感じています。

こうした問題の根底にあるのは、「利益は創造した本源的価値の対価である」という真理を、多くの人たちが忘れてしまっていることにあると思います。本源的価値とは、お客様を幸せにし世の中をよりよくすることです。
つまり、企業の利益はお客様の幸せの対価だということです。

企業がお客様の幸せを創造し、お客様がその対価を支払えば、世の中全体の幸福量が増加し、企業も利益を得られます。企業は利益を得られるだけでなく、社員もお客様からの感謝によって幸せを感じることができます。
これこそが企業活動の本来の姿であり、資本主義市場経済のあるべき姿です。

しかし、現実には、多くの企業が、自ら本源的価値を生み出すことなく、お客様をだますなどして他者から奪うことで利益を得ようとします。

そのようにして一時的に利益を得ても、結局は損失となって還ってくるだけです。企業が、継続的に利益を得るためには、自分たちのよさを活かした、自分たちならではの本源的価値を創造するしかないのです。

しかし本源的価値を創造するのは、口で言うほど簡単なことではありません。自社の利益のために無理にお客様を幸せにしようとしても、それはすぐにお客様に伝わってしまいます。

そこで大切なのが、まず自らが幸せになることです。

衣食住が満たされていること、ビジネスができること、生かされていること、すべてが感謝の対象になります。

私たちはついないものに目を向けてしまいがちですが、あるもののほうが圧倒的に多いのです。幸せになるために必要なものはすべて与えられています。それらに気づき、感謝するだけでいいのです。

そのように、すべてに感謝し自ら幸せになることで、無理に与えるのではなく、自然に与えることができるようになります。自分の利益のために相手に与えるのではなく、感謝する相手に自然に与えることが、本源的価値の創造につながり、それが企業の利益になります。

そうは言っても、私たちは感謝の心を忘れがちです。

感謝の心を忘れてしまうのは、他人と競争しているからです。他人と比較し、自分が劣っていると思うと、自分がみじめになったり、他人に勝とうとしたりして心の余裕を失ってしまいます。

そうではなく、自分自身が、人として成長していけばいいのです。そうすれば、心に余裕ができ、何事にも感謝できるようになります。

そして、ものごとにはすべて二面があります。どんなつらい出来事も別の角度から見れば貴重な学びの機会になります。

人にも長所もあれば欠点もあります。しかしそれは絶対的なものではなく、欠点は見方を変えれば長所に変わります。

すべてに感謝することで、ものごとや人のいい面が見えてきます。

そのようにすべてに感謝することで生まれる幸福感を、あふれ出るままに周囲に分け与えていくこと、つまり愛が大切です。

自分を大切にし、相手の幸せを願う愛こそが、人生を豊かに生き、ビジネスを成功させる源になります。

クマ太郎が気づいたように、宇宙は愛からできています。

だからこそ、愛と感謝の心をもって生きていると、シンクロニシティ（偶然の一致のように見える奇跡的な出来事）など、人智を超えた不思議なことがたくさん起きてきます。大いなる力に守られながら、自然とものごとがうまくいくようになります。

大切なのは、愛と感謝です。

真理はきわめてシンプルなのです。

なお、本書のベースとなる考え方につきましては、拙著『価値を創造する会計』（PHP研究所）にてご説明しておりますので、ぜひご覧いただければ幸いです。

私が本書の執筆を思い立ったのは、私自身が金融機関で勤務するなかで、自分も含め多くの人たちが一生懸命に働けば働くほど幸福から遠ざかっていく現状を目の当たりにしたためです。

高い収入を得ても、それが誰かから奪ったことによるものであれば、どれだけ物質的な豊かさを実現しても決して本当の幸福は得られません。本当の幸福を得られないため、満たされない心を埋めようとしてさらなる物質的な豊かさを追求し、ますます感謝と幸福の感度をにぶらせ、幸福から遠ざかってしまいます。

そのような悪循環の根底にある原因は何かについて、私なりの気づきにもとづいて執筆したのが本書です。

私自身、奪うのではなく与えることによって利益を得ることとの大切さや、陰陽の法則、愛と感謝などの宇宙を貫く真理に気づくことで、人生観が一変し、ビジネスの現場にいながら穏やかな心で日々を楽しく過ごすことができるようになりました。

『君を幸せにする会社』というタイトルには、多くの人が会社やビジネスを必要悪と捉えているなかで、愛と感謝の心で仕事をすることこそが、自分も幸せになり世の中全体が幸せになることにつながるという真理をより多くの方々に伝えたいという思いをこめました。

ぜひ多くの方に宇宙の真理に気づいていただき、幸せな人生を送っていただきたいと祈念しています。

最後に、リゾートホテル再生や経営のあり方について多くの示唆をいただきました株式会社星野リゾート代表取締役社長の星野佳路さん、久米繊維工業株式会社代表取締役社長の久米信行さん、株式会社アントレプレナーセンター代表取締役社長の福島正伸さん、本書の内容に関して有意義な助言を賜りました株式会社トレンド・プロ代表取締役社長の岡崎充さん、公認会計士の山田真哉さん、望月実さんをはじめとするＰＲＰＪの皆さま、本書の執筆に際して多大なご尽力を賜りました日本実業出版社の大西啓之さん、前川健輔さんに心から御礼申し上げます。

本書が、多くの皆さまにとって愛と感謝の大切さに気づくきっかけになれば、筆者として望外の幸せです。

二〇〇八年八月

天野敦之

※本書はフィクションであり、実在の人物・団体・出来事とは一切関係がありません。

天野敦之（あまの　あつし）

1975年生まれ。一橋大学商学部経営学科卒業。大学在学中に公認会計士第二次試験に合格。その後、同三次試験に合格し、公認会計士登録。

大学卒業後、コンサルティングファーム勤務を経て、証券会社の投資銀行部門でM&Aや資金調達のアドバイザリー業務、グローバルマーケッツ部門で地域金融機関への提言業務に従事。

その後、公認会計士天野敦之事務所を設立し、財務会計の視点から、人の幸せと企業の利益を両立させるためのアドバイスを提供。多くの企業の業績改善を実現している。

また、チベットサポート・チャリティセミナーの開催、歌手やヨーガ講師など異業種とのコラボレーションセミナーの開催など、公認会計士の枠を超えさまざまな分野で意欲的に活動中。

著書に、日本で一番売れている会計入門書30万部ロングセラー『会計のことが面白いほどわかる本』（中経出版）、『価値を創造する会計』（ＰＨＰ研究所）、『宇宙を感じて仕事をしよう』（サンマーク出版）などがある。

『君を幸せにする会社』著者公式ブログ
http://ameblo.jp/amanoatsushi
天野敦之事務所株式会社公式ホームページ
http://sinzenbi.net/

君《きみ》を幸《しあわ》せにする会社《かいしゃ》

2008年９月20日　初版発行
2012年11月１日　第３刷発行

著　者　天野敦之 
発行者　吉田啓二

発行所　株式会社日本実業出版社　東京都文京区本郷３－２－12　〒113-0033
大阪市北区西天満６－８－１　〒530-0047
編集部　☎03-3814-5651
営業部　☎03-3814-5161　振　替　00170-1-25349
http://www.njg.co.jp/

印刷／壮光舎　製本／若林製本

この本の内容についてのお問合せは、書面かFAX（03－3818－2723）にてお願い致します。

落丁・乱丁本は、送料小社負担にて、お取り替え致します。

ISBN 978-4-534-04442-6　Printed in JAPAN